@小說

青春・愛情・物語

致深愛妳的那個我

乙野四方字——著

涂紋凰——譯

君を愛した一人の僕へ

KIMI WO AI SHITA HITORI NO BOKU HE

OTONO YOMOJI

目錄

有一種現象叫做健力士浪湧（Guinness cascade）。

健力士是源自愛爾蘭的黑啤酒。雖然在日本的超市或者便利商店不常見，但在愛爾蘭則是每天都會飲用的飲料，素有「杯中餐點」之稱。

這種啤酒如果一口氣大量倒入杯口寬的玻璃杯裡，在氣泡和液體分離之前，就能看見白色氣泡在黑色液體中下沉的現象。一般而言，氣泡不可能在液體中下沉，然而這其實是非常單純的物理現象。

氣泡向上浮時，撞擊氣泡的啤酒也會被推擠上升。這是因為啤酒具有黏度。然而，啤酒不會高過氣泡之上，所以會在杯口寬的地方形成漩渦，沿著玻璃杯的內側往下沉。接著氣泡被啤酒的黏度推擠，就會隨啤酒一起下沉。因此，會形成在玻璃杯中央氣泡上升、玻璃杯內側氣泡下降的狀態。從玻璃杯外看，就像氣泡往下沉一樣。

雖然不是什麼值得說嘴的事，不過我年輕時算是很會喝酒的人，所以一直都知道有這種現象。不過，直到快四十歲時我才得知，這種現象叫做「健力士浪湧」。

說到為什麼快四十歲才知道該現象的名稱，其實也真的沒什麼。只是剛好在店裡點了一杯健力士，看到氣泡沿著玻璃杯內側下沉才想起這個現象，所以慌慌張張地請教老闆。

為什麼我會慌慌張張地問這件事呢？

因為對當時的我而言，「氣泡往下沉」這個現象帶來可以翻轉世界的衝擊——而當時的我，正想方設法試圖翻轉整個世界。

氣泡往下沉。我得到這個靈感之後，人生都花在「氣泡往下沉」這件事情上。簡而言之，只要讓氣泡的浮力小於啤酒的黏度即可。在這樣的狀態中創造出下沉流力，氣泡應該就會往下沉。

氣泡往下沉。這項概念光是出現在我心中，就產生了遠超越一杯啤酒錢的價值。

在那之後我投入了約十年的時間，終於確立可以達成目標的「氣泡下沉法」。接下來只要訂好時間和地點即可。終於，我只要決定在哪裡讓氣泡下沉就能結束一切。

後來，我又花了二十多年慎重地挑選讓氣泡下沉的時間和地點。最後，找到覺得滿意的地點時，我已經超過七十歲了。

漫長、好漫長的人生。

而且，也是毫無意義的人生。

沒有妻子、兒女，也沒有找到自己為什麼誕生在這個世界的意義，而我唯一深愛的人，卻因為我消失在這個世界上。

不過，一切都結束了。

氣泡會下沉。

來吧！刪除這個世界吧！

刪除這個沒有所愛之人的世界。

七歲的我已經了解離婚這個詞的意義，被問到想跟父親還是母親一起生活的時候，也毫不慌亂地說出答案。

父親是學界知名的學者，而母親娘家是大財主。無論跟著誰，金錢上感覺都不會有問題。既然如此，只要隨自己的情感決定即可，而我最後選擇跟著父親。但這並不是因為比起母親我更喜歡父親，而是我認為跟著母親會妨礙她再婚。

父母離婚的原因，似乎是因為話不投機。父親經常留宿研究所，偶爾回家時會告訴母親研究的內容，但是母親似乎完全不能理解。父親總是抱著「自己了解的事情對方理所當然也要了解」的想法說話，所以和母親之間的日常對話才會搭不上線。當時，我經常看到母親自己一個人苦惱的背影。

因為父親是這樣的人，所以我判斷他大概暫時不會考慮再婚。不，那時候的我應該沒有想得這麼深。

有趣的是，父母離婚之後關係反而變好了。畢竟是曾經結婚還生下孩子的夫妻，彼此之間仍然有愛。小時候無論我在不在，父母每個月至少都會見一次面，保持密切往來。一定是因為這樣的距離對他們二人來說最剛好吧！我很高興父母關係融洽，也安心於自己不是父母不想要的孩子。

開始和父親一起生活之後，我偶爾會去父親工作的研究所，放學不直接回家而是繞去研究所，等父親下班再一起回去。研究所是全年無休的輪班制，所以學校假日如果和父親上班日重疊，我也會整天待在研究所。

托兒室是研究所的福利設施之一，專為有孩子的所員而設，裡面偶爾也會有年紀很小的孩子。這裡還稱不上是正式的企業內托兒所，也沒有專任的保育教師，都是所員輪流照看孩子，相較之下比較年長的我也經常代替大家陪孩子玩，忙碌的所員們對此也很感激。

托兒室裡經常空無一人。這種時候我就會盡情地讀放在裡面的書。托兒室裡不只有孩子看的繪本和小說，也有與父親研究相關的論文與學術書籍。當然，我當時完全不知道裡面寫了什麼，不過其中也有那種很多插圖、市面上常見的「超好懂」類型的書籍，閱讀這些書讓我對未知的世界感到興奮不已。

可能是看我對研究有興趣，所以覺得很高興吧！父親經常在休息時間過來看我，回答我的問題，然後淺顯易懂地告訴我研究的內容。

某天，父親指向養著熱帶魚的大水族箱對我說：

「這個泡泡就是我們父子倆生存的世界。」

父親即便是對我這個兒子也不會自稱「爸爸」，而是說「我」。和母親一起生活時，我一直用「僕*」當作第一人稱，和父親一起生活之後我就被影響了。

父親指著從打氣機冒出水面的氣泡。

「你看得出來氣泡越來越大嗎？在固定的溫度下，體積會與壓力成反比。這叫做波以耳定律。」

「等一下、等一下，我不懂。成反比是什麼？」

「你還沒學到比例嗎？那是什麼時候才會學的東西呢？」

「我不知道，但是現在還沒學到這個。你就簡單比喻一下嘛！」

「這樣啊……一個一百元的點心，買兩個就是兩百元，買三個就是三百元對吧？就像這樣，這一邊增加時另一邊也增加，這種關係就是成正比。」

「嗯、嗯。」

「成反比就是相反的意思。六個點心分給兩個人，一個人會有三個對吧？三個人分的話，一個人就是兩個，六個人分就是每人一個。像這樣一邊增加而另一邊減少就叫做成反比。」

父親剛開始一定會用很難懂的方式說明。不過，只要我說聽不懂，他雖然覺得苦惱，但還是會用淺顯易懂的方式教我。媽媽如果也像這樣，誠實說出「我不懂」，他們之間的關係或許就會有所不同了。

「在水中，深度越深的話『壓力』……也就是下壓的力道就會越強。所以氣泡的『體積』……也就是大小，越往下就會變得越小。氣泡越往上會變得越大是因為壓力減弱的關係。氣泡的大小和下壓力量成反比的定律，就叫做波以耳定律。」

「ㄅㄛ ㄧˇ ㄦˇ ㄉㄧㄥˋ ㄌㄩˋ」

「波以耳定律。」

「我記住了。」

「很好。」

父親因為我的反應心情大好，繼續指著水族箱裡的氣泡。看樣子他的目的不是教我波以耳定律。「我們認為世界就像這個氣泡一樣，正在研究氣泡之間能不能交換資訊。」

＊日文的「僕」以及「俺」都是男生對同輩或晚輩的自稱，「僕」比較有禮，而「俺」比較隨便。為了保持中文流暢，兩者都譯成「我」。唯有內文強調兩者不同之處時，「僕」暫且保留原文。

我想起父親一開始說：這個氣泡就是我們生存的世界。這是什麼意思呢？

「世界剛開始只是水底誕生的一個小氣泡。隨著氣泡往上浮，體積變得越來越大，在途中變成兩個氣泡。我和你就在其中一個氣泡之中。」

「那另一個氣泡會怎麼樣？」

「那個氣泡裡也有你和我。不過，和這裡的氣泡有些地方不同。或許在那個氣泡裡，你可能不是跟著我，而是跟著媽媽。」

另一個氣泡裡，會有在父母離婚時選擇跟著媽媽的我嗎？

「我們從現在這個氣泡看到的其他氣泡，就稱為平行世界。」

「ㄆㄧㄥˊ ㄒㄧㄥˊ ㄕˋ ㄐㄧㄝˋ」

「平行世界。」

「我記住了。」

「很好。」

其實，相較於正比、反比，我還是對平行世界不太了解，不過通常有人教，無論是什麼我都會先記住再說。因此我的學習能力比學校上課的進度還要快很多，對學習這件事並不需要花太多力氣。

「我們認為人類可能平常在無意識之中，就會在附近的氣泡來回移動。因為附近的氣泡沒有太大改變，所以人才不會發現自己已經移動了。如果是這樣的話，我們想要證明這件事，然後進一步控制它。這就是我們所長提倡的『虛質科學』。」

當時的我還不明白，那是多麼厲害的學問。即便我還算聰明，但也不過是小學低年級的學生。只覺得還滿有趣的而已。

過了幾年之後，我的愚蠢導致自己鑄下大錯。

那時的我，剛好快要滿十歲了。

＊

「小曆。」

爸爸講完電話之後，用有別於平時的消沉聲音呼喚我的名字。

雖然我電動才打到一半，不過爸爸的聲音實在太消沉，讓我無法視而不見，只好中斷遊戲回頭看他。

爸爸的表情和聲音一樣失落。那好像是我第一次看到爸爸這樣。到底是什麼電話呢?

「優諾,好像死了。」

「……咦?」

優諾是媽媽娘家養的狗。牠是隻母的黃金獵犬,明明個頭長得比我大卻很愛撒嬌,每次去媽媽家玩,牠都會搖著尾巴湊過來。

優諾,死了嗎?

因為實在太突然,讓我完全沒有真實感。我會打蚊子和蒼蠅,也會吃肉和魚。在遊戲裡殺死大量的怪獸。然而,優諾不是昆蟲、不是食物,當然也不是怪獸。這樣的優諾,為什麼會死?使用道具牠就會復活嗎?用魔法呢?所幸,我不是會認真思考這種事的小孩。

「死了?為什麼會死掉?」

「好像是交通事故,牠想救一個衝出車道、差點被車撞的孩子,結果自己被車撞了。牠真的很乖。」

雖然是我自己問的問題,但是爸爸這樣回答,我還是不能接受。畢竟是突然聽到這件事啊!我到底該怎麼辦?我該有什麼想法?

「好像在媽媽家的庭院裡，幫牠建了墳墓。現在要過去嗎？」

「……可是，我遊戲玩到一半。」

結果，我竟然瞬間說出這種答案。我明明知道，這比玩遊戲還重要很多。

「……這樣啊。那，就下次再去吧！」

本來以為爸爸會大罵：現在不是玩遊戲的時候！結果爸爸只是用擔心的眼神看著我。那眼神感覺很讓人心痛。

「……我還是，現在去好了。」

我說完便關掉遊戲機的電源。

準備好之後，搭著爸爸的車前往媽媽家。距離不遠，車程大約十分鐘左右。我有時候也會自己騎著腳踏車去。

爸爸媽媽剛離婚時，我經常到媽媽家去玩。一方面是可以見到媽媽和優諾，但是能見到爺爺更讓我感到開心。爺爺總是很溫柔，每次去都會給我甘甜的糖果。不過，後來我越來越少去媽媽家，今年正月拜年之後，就再也沒去過了。

「啊，小曆。你來了啊！在這裡喔。」

時隔數月才見到的媽媽，似乎因為優諾的事大受打擊，表情沮喪到令人擔心。我有點不安，不知道自己是不是看起來也像那樣。

「妳還好嗎？」

爸爸向媽媽搭話，媽媽看起來有點安心似地笑了笑。雖然是在這種時候，但是看到他們感情很好的樣子還是讓我很開心。

「嗯，謝謝你。」

優諾的墳墓孤零零地在後院角落。只有一點小土堆，就算大家告訴我優諾就埋在下面，我也毫無真實感，甚至覺得優諾被埋在地下很可憐，想放牠出來。

「優諾啊，是從小曆出生那時候開始養的喔！」

這件事我至今聽過好幾回了。還有一首標題是〈孩子出生之後請養一隻狗〉的詩，聽到我都會背了。

孩子出生之後請養一隻狗。
在孩子的嬰兒時期，狗狗會是孩子的守護者。
在孩子的幼兒時期，狗狗會是孩子的好玩伴。
在孩子的少年時期，狗狗會是孩子的知心夥伴。

最後，在孩子成為青年時，狗狗會以自己的死亡教導孩子生命的寶貴。

……如果這首詩說的是真的，那優諾死得好像有點太早了。雖然我不知道什麼時候才算是青年，但我現在才九歲。可能是因為這樣，所以就算看到優諾的墳墓我也不懂生命的寶貴。

「小暦，你也要去見見爺爺他們喔！」

因為爸媽這樣說，所以我直接走進屋裡。我和爺爺也好幾個月沒見面了。

「啊……小暦。你來了啊！謝謝你。」

好久沒見的爺爺，比我印象中還要老了很多。最一開始養優諾的就是爺爺，所以他或許比任何人都要傷心。

雖然爸爸要我在媽媽家住一晚，但我拒絕了。

因為我覺得，如果不能好好為優諾的死感到悲傷，就無法繼續和爺爺待在一起。

＊

在那之後一個月左右，我幾乎忘了優諾繼續過日子。

而且，我也沒有再去過媽媽家。沒能為優諾的死感到悲傷，至今我仍然覺得愧疚。

那天，我像平常一樣待在研究所的托兒室。

今天只有我一個人。因為書已經看膩了，所以就隨手打開電視。

我之所以停下切換電視頻道的手，是因為畫面上出現黃金獵犬。

那是很像優諾的大型犬。我不知不覺就被吸引，盯著畫面看。

該節目是介紹以不同形式為人類服務的狗狗特輯。成為盲眼主人的眼睛、幫助主人生活的導盲犬；在災難現場幫助人類找出生還者的搜救犬；從擱淺的船上銜著繩索游到岸上的船上犬；堅持等待無法回家的主人的忠犬；為了宇宙開發實驗而單獨飛往太空的萊卡太空犬……

電視裡的評論人稱讚這些狗狗的勇氣，為牠們的忠心而落淚。狗狗絕對不會背叛人類，是人類最好的朋友。電視節目在那之後一直感人地描述，狗狗如何為了人類而生，也為了人類而死。

看著電視，我不知道為什麼覺得好生氣。

連自己也不太清楚到底為什麼生氣，甚至也不知道自己是不是在生氣。或許那不是生氣，而是不甘心。然而，就算真的是這樣，我也還是不懂，什麼叫做不甘心。

什麼都搞不清楚的我，眼底冒出莫名熱氣。

我為什麼會哭呢？

「你怎麼了？」

突然聽到聲音，我嚇得抬起頭來。

原本以為只有我一個人的托兒室內，不知不覺冒出一個女孩。

她穿著白色洋裝，留著一頭又長又直的漂亮黑髮，是個很可愛的女孩。看起來應該和我同年紀。以前沒有在托兒室見過她，是其他所員的小孩嗎？

「你在哭嗎？哪裡痛嗎？」

女孩擔心地靠過來。我覺得在女孩子面前哭很丟臉，所以用袖子胡亂擦乾眼淚。

「我才沒有哭。」

「你有哭喔。怎麼了？」

「我就說……」

她咄咄逼人的態度讓我覺得很焦躁，所以瞪了她一眼。

可是……

那個女孩天真澄澈的眼睛，不知道為什麼看起來好像優諾。

「……我好想念優諾。」

我不自覺地說出口。

原來如此。我不是在生氣，也沒有不甘心。只是很想念優諾。我終於開始想念牠，卻再也見不到牠——所以我覺得很悲傷。

「優諾？」

「是爺爺養的狗。」

「已經見不到牠了嗎？」

「因為牠死掉了。」

因為牠死掉了。當我說出口的時候，終於有了真實感。

優諾已經死了。已經不在這個世界上了。

這讓我覺得很悲傷。

「因為已經死掉了……所以我再也見不到優諾了……」

發現自己的情緒時，我已經忍不住了。連同之前沒哭的份，我的眼睛流出好多眼淚。

在那之後的一段時間，我根本忘了自己在女孩子面前，一直哭個不停。後來可能因為還有點自尊心，所以咬著牙不哭出聲。所幸，除了那個女孩之外，沒有人知道我像這樣哭過。

至於被那個女孩看到……就算了吧。不知道為什麼，我當時的確這麼想。女孩陪在我身邊，直到我哭完為止。接著在我哭完比較冷靜之後，她遞給我一條純白的漂亮手帕。

「不需要。」

我再度用自己的袖子擦乾眼淚。不知道為什麼，總覺得弄髒女孩的手帕很可惜。

女孩堅持遞上手帕一段時間，但我堅持不接受，最後她只好放棄，把手帕收進口袋裡。

「跟我來。」

「咦？」

她突然抓著我的手臂跑了起來。

今天是星期天。研究所雖然有營運，但所員比平常少，很多人就算有上班也會比平常早回家，所以感覺所內幾乎沒有人。女孩在比平常安靜的研究所內，毫不猶疑地奔跑。

「喂！妳要去哪裡？」

「安靜一點，會被媽媽發現的。」

媽媽？是這個研究所的所員嗎？這孩子一定和我一樣，也是跟著父母來的。看她腳步沒有一絲猶豫，應該經常在所內探險。

我平常都聽爸爸的話，不會去其他地方，但其實我也很想去探險。從那個走廊轉彎之後會通向哪裡？那扇門的對面是什麼房間？那個階梯下……我老老實實的任憑女孩牽著我的手向前走，就是出自這些好奇心。

女孩在其中一個房間前停下腳步，打開大門。

看到房間裡的東西，讓我變得很興奮。

「喔喔喔，這是什麼？」

房間的正中間，有一個盒子很像機器人動畫中出現的駕駛艙，而且還連接著很多電線。盒子上有玻璃蓋，裡面應該是一個人可以進去的空間。

女孩邊打開蓋子邊說：

「我媽媽說進來這裡面，就可以去平行世界。」

「咦……？」

平行世界。就是爸爸跟我解釋很久的東西。

這個世界就像會變大、分裂然後浮到海上的氣泡，從自己的氣泡看到的其他氣泡就是平行世界。那個世界裡有不是自己的自己，而且過著和自己不同的每一天。

「你想見優諾對吧？」

「……嗯。」

「或許也有優諾還活著的世界喔！」

這真的是很吸引人的邀請。

可以再見優諾一面。因為我根本不知道優諾會死，所以連最後一次是什麼時候見到牠都記不清楚。我最後一次是怎麼和優諾玩在一起？我是怎麼摸牠的？我全都不記得了。

所以，如果能再見優諾最後一面的話……

「……我該怎麼做？」

「進去這裡面。」

我照她所說打開上蓋，進入盒子裡。感覺好像進入動畫或遊戲的世界一樣，讓我心跳加速。

關上蓋子之後，我聽到外面傳來喀噠喀噠的聲音。我稍微起身望向玻璃外，看見那女孩正在操作桌上的按鈕和開關、把手。她的手勢看起來很隨便，感覺不像是真的知道操作方法。

「喂，沒事吧？」

向她搭話，她也沒回應。她的表情看起來似乎很迫切，不停操縱能碰得到的所有按鍵。她為什麼會這麼認真呢？應該不是為了讓我和優諾見面才對。

「喂，要我幫忙嗎？」

「不用，你就做好你能做的事情吧！」

「我能做的事情是什麼？」

「我也不知道……你就……祈禱好了。祈禱你想去優諾還活著的世界。」

「祈禱，這樣就可以了嗎？」

「媽媽說相信很重要。她說只有願意相信的人，才能改變世界。」

我不太懂她在說什麼。而且她從剛才就一直提到媽媽，這孩子的媽媽到底是什麼人？

話說回來，女孩現在仍然很認真地在操作機器。因為她的認真，讓我也如她所說試著「祈禱」。

我想去平行世界。

想去優諾還活著的世界。

我想起優諾。牠在世時充滿朝氣的樣子。後院裡的小墳墓。電視節目裡介紹為人類鞠躬盡瘁的狗狗。不知道為什麼讓人一肚子火的評論家。

剛開始只是半開玩笑，但是因為想起很多事情，讓我越來越想去平行世界。我閉上眼睛，用力祈禱。

我想去平行世界。

想去優諾還活著的世界——

＊

——媽媽在我面前哭著。

「……咦？」

景象突然變化，讓我頭腦一時反應不過來。

總之，必須先一一確認眼前看到的東西。媽媽在哭、矮桌，還有……奶奶？奶奶也在，而且奶奶也在哭。

環顧四周發現自己不在那個宛如機器人駕駛艙的盒子裡。這裡是我很熟悉的房間——媽媽家的和室茶間。我最後一次來這裡，約莫是一個月前祭拜優諾的時候。這個時間點，我絕對不可能出現在這裡。

為什麼我會在這裡？那個女孩跑去哪裡？我躺過的盒子，到底——對了。

我想起一件事——那就是自己剛才在做什麼。

我想起進入那個盒子的目的。

莫非，這裡是……

「那個，媽媽？」

就在我戰戰兢兢準備問問看的時候，從屋外聽到回答。汪。

那是很熟悉的狗叫聲。我整個人彈起來往屋外衝。

接著，到後院一看。

「……優諾。」

應該一個月前就死掉的優諾，真的還活著，牠就在這裡。

「優諾……優諾！」

我衝向優諾，用力抱緊牠大大的身體。我摸摸牠的頭，牠就像平常一樣搖著尾巴湊過來。

原本覺得怎麼可能，但看樣子果然沒錯。

這裡是平行世界。

一個月前應該已經死掉的優諾還活著的世界。

不知道是因為那女孩努力操縱讓機械運轉，還是我的祈禱奏效……總之，我真的來到平行世界。

想再見優諾一面的願望達成了。我撫摸著優諾仰躺的肚子，直直盯著優諾看。已經死掉的優諾；還在眼前活蹦亂跳的優諾。牠的體溫非常溫暖。但是在我原本的世界裡，優諾已經埋進土裡變成冰冷的屍體了。我想起爺爺告訴我的詩。孩子出生之後請養一隻狗。在孩子成為青年時，狗狗會以自己的死亡教導孩子生命的寶貴。

現在我手掌上感受到的溫度，就是生命的寶貴嗎？

如果是這樣的話，等我回到原本的世界，再見到優諾的墳墓時，應該就會真的了解生命的寶貴了。

雖然我很想哭，但是還是一直和優諾玩，一邊思考我現在應該做什麼。在我的世界，優諾因為交通事故過世。既然如此，我是不是應該告訴這個世界的媽媽和爺爺，叫他們小心交通事故呢？

嗯。總比什麼都不做好。我為了盡快告訴他們這件事而回到屋裡。

走進茶間之後，媽媽和奶奶雖然已經不哭了，但表情看起來還是十分悲傷。到底發生什麼事呢？

可是，我如果現在問「怎麼了？」也不恰當。在我來之前，這個世界的我應該一直在這裡。這個世界的我應該知道媽媽她們為什麼哭。所以，如果我問「為什麼哭？」她們一定會覺得很奇怪。

既然如此，我能問的問題就是：

「那個，媽媽……爺爺呢？」

如果是問這個應該沒問題。我沒有問「在哪裡？」這樣問媽媽就會自己想像我要問什麼，然後再回答我。

我的目的算是達成了。

「爺爺……明天會守夜。」

除了回答裡我沒聽過的詞彙以外。

「守夜？那是什麼？」

「守夜就是啊……」

——接著，我得知這個世界的爺爺已經過世的事。

這個世界和我的世界有三大差異。

一是優諾還活著。

二是爺爺已經死了。

三是爸爸和媽媽離婚時，我選擇跟著爸爸，但這個世界的我，選擇跟著媽媽。

在談話的過程中，我漸漸了解這個世界。這個世界的我，和媽媽、奶奶、爺爺一起住在這個家裡。而且，爺爺在今天下午過世了。

理解這件事時，我嚎啕大哭了一番。

優諾死了、優諾活著、爺爺死了……這些事情全部混在一起，我只能先大哭一場，媽媽溫柔地抱緊我。自從和爸爸一起生活之後，我幾乎沒有機會向媽媽撒嬌，所以我抓緊媽媽盡情哭泣。

大哭一場之後，我雖然比較舒坦但也開始擔心別的事情。

我能回到原本的世界嗎？

那女孩讓我跳到這個平行世界，那回去的方法呢？我只能等那個女孩把我移回去嗎？我怎麼想都想不出個所以然。

現在我什麼事都做不了。頂多只能隱瞞自己是從平行世界過來這件事而已。

不過，既然都來了。

「媽媽……今天可以和妳一起睡嗎？」

我想這個程度應該沒關係，所以試著說說看。回到原本的世界之後，應該就再也沒有機會和媽媽一起睡了。

媽媽好像嚇了一跳，但是馬上就點頭了。

晚上，我再次和優諾一起玩。畢竟不知道什麼時候會回到原本的世界，而且回去之後優諾就不在了。

向優諾道別之後，我和媽媽一起入睡。

＊

隔天早上。

眼睛睜開時，我一個人在棉被裡。

「喔？小曆，你起床啦？」

身邊傳來熟悉的沙啞聲。

「……爺爺？」

「嗯。早安。」

「早安……」

雖然我回了話，但是完全不知道爺爺為什麼會在這裡。可能是我的頭腦還沒清醒。咦？我昨天是睡在媽媽家嗎？

在半睡半醒的狀態下，回想起昨天的事情。昨天，爺爺好像——

想起這件事的我，掀開被子彈坐起來。

「爺爺?!」

「喔！真有活力啊！」

「爺爺還活著……？」

「什麼啊，別說這種不吉利的話。」

的確是爺爺沒錯，今天本來要守夜的，但是他還活著。

我衝出房間，直接離開家裡前往後院。

後院的角落，有一小堆土。

——是優諾的墳墓。

「優諾……」

我把手放在土堆上。好冷。昨天睡前摸到的溫暖優諾，理所當然地不在這裡。

溫暖和冰冷。這種溫度差異就是生命的寶貴嗎？

感覺好像就快找到答案了，但是最後還差了一點什麼。我應該從這個溫度差裡了解什麼呢？我能了解嗎？

因為至今仍然無法了解生命的寶貴讓我覺得很抱歉，只好背對優諾的墳墓。就像是在搪塞自己似地，我開始思考其他事情。

好像是在我睡覺的時候，回到原本的世界。雖然不知道原因，但還是平安回來了。

不過，為什麼我會在這種地方呢？我原本應該是在研究所的盒子裡才對。該不會是我的身體自己移動到這裡吧——

說到這裡，我想到一種可能。

對了。我去到另一個世界，說不定……

回到家裡，我不經意地向對我投以詫異眼神的爺爺問起：

「那個，爺爺，我昨天大概幾點來這裡的？」

「嗯？幾點啊……啊，傍晚六點之後吧！媽媽到研究所去接你的時候，電視剛好在播相撲。」

媽媽到研究所來接我……嗯，應該沒錯。

一定是那個世界的我跳到研究所的盒子裡，然後在那裡打電話給媽媽。她有見到那個女孩嗎？她們說了什麼話呢？話說回來，那個女孩到底是誰啊？

看來我接下來該做的事，就是去找那個女孩。

「哎呀，好久沒和小曆一起睡，爺爺很高興喔！」

「……是喔。」

仔細想想，如果那個世界的我到這個世界來，就等於是從爺爺過世的世界，來到爺爺還活著的世界。說不定他的內心比我還混亂。好想問問他有什麼感覺。

唉……就算他惹了麻煩，那也一樣是我啊！就算了吧。

「那個，爺爺身體有不舒服嗎？」

「嗯？沒有啊？」

「這樣啊，爺爺要長命百歲喔！」

「什麼意思？你不用擔心，爺爺我還可以活很久啦！」

爺爺面帶開朗笑容，溫柔地摸著我的頭。他的手很溫暖。

這個溫度，或許不久的將來也會消失。就像平行世界的爺爺一樣。

「你要常常來玩喔！」

我心懷各種思緒，點頭約定會常來。

「對了，要是能找到鑰匙就好了呢！」

雖然我聽不懂爺爺最後說的那句話，究竟是什麼意思。

＊

下一個休假日。

「那小朋友要好好相處喔！」

一個漂亮的女人這樣說完便離開托兒室。

「小曆，難得有機會你就交個朋友吧！你的朋友太少了。」

說完這句多餘的話之後，爸爸也跟著那女人離開了。

然後，平常那個研究所的托兒室，只剩下我和上次那個女孩。

「原來，妳媽媽是所長。」

剛剛走出去的漂亮女人，就是創立這間研究所的所長，似乎也是這個女孩的媽媽。從平行世界回來的我，回家問爸爸：「昨天遇到這樣的女孩子，爸爸認識嗎？」結果爸爸很爽快地回答：「那是所長的女兒。」

就這樣，我得知女孩的身分，並且在下一次休假日和那女孩於研究所重逢。我擅自認為所長會是一個老頭，所以得知是個漂亮女人的時候非常震驚。據說她好像是爸爸的大學同學。

「因為是所長的女兒，所以才會知道那些機器啊！」

「嗯。」

感覺女孩有點戰戰兢兢地觀察我。結果，她突然一臉認真地問：

「你見到優諾了嗎？」

「……嗯。但是，我還是不懂生命的寶貴是什麼？」

「生命的寶貴？什麼意思？」

狗狗會用自己的死來告訴小孩生命的寶貴。我告訴女孩那首詩，還有優諾死了之後我還是沒搞懂生命的寶貴這件事。雖然好像從溫暖和冰冷之中感覺到了什麼，但又無法明確回答。

聽完我說的話之後，女孩像是在說「什麼啊」似地噗哧一笑。

「我想你已經懂了。」

「咦？」

「溫暖和冰冷。就像你說的一樣，那個溫度差，一定就是生命的寶貴。」

「什麼意思？」

我像是在尋求幫助似地問了這個問題，女孩則溫柔地瞇著眼對我說：

「就是啊，活著的時候很溫暖對吧？那份溫暖就代表可以和優諾見面、聊天、一起玩……代表能做這些事情的可能性。但是，死亡很冰冷，那份冰冷就代表優諾的世界在那裡結束，已經不存在任何可能了。你感受到的，就是可能性的溫度啊！」

「可能性的，溫度……」

「嗯，那個溫度差一定就是生命的寶貴。」

啊，原來是這樣。我很坦率地這麼想。

活著和死亡。優諾用兩者之間的溫度差，告訴我可能性的差別。

之後再去一次優諾的墳墓吧！這次我真的能好好向牠道謝並且道別了。我感覺自己終於能接受優諾的死了。

「謝謝。妳好厲害。」

「才沒這回事。」

她的微笑，讓我的心臟感到一股悸動。

「……話說回來，妳後來怎麼樣了？」

我敷衍似地問。不過這也是很重要的問題。

去到平行世界之後，我過了一晚才回到這裡。這段期間，如果那個世界的我移動到盒子裡，無論如何她應該都會見到才對。

「那之後在機器裡的你，像是突然變了一個人。你自稱『僕』而且不認識我，也不知道自己在哪裡、在做什麼。」

「那個人大概是平行世界的我。原來如此，那個世界我還自稱『僕』啊！然後呢？」

「嗯，然後我嚇了一跳，覺得有點可怕……」

女孩的表情突然變得尷尬。喂喂，妳該不會……

「我就逃走了，對不起……」

怎麼會這麼不負責任。不過，仔細想想我也經常一時興起做了某些事之後又逃走。本來我應該要更生氣的，但也氣不起來。

「不過，既然已經平安回來，就算了吧！比起這個，妳為什麼那麼認真想送我去平行世界？」

我的提問讓女孩沉默了一陣子，她終於輕輕開口。

「我爸媽離婚了。」

「嗯——我家也是。然後呢？」

我一副無所謂的樣子回答後，女孩抬起頭瞪大眼睛。不過，她好像因此覺得安心，開始說起自己的事情。

「他們吵架吵得很兇。雖然我覺得都是爸爸在生氣……爸爸放話說他再也不見我們之後就走了。從那之後我真的都沒見過爸爸。可是我並不討厭爸爸……」

雖然一樣都是離婚，但是情況和我爸媽似乎有很多不同。但是，不知道為什麼我大概可以感覺到她想說什麼了。

「那時候我聽媽媽提起平行世界的事情。她說正在製作可以自由前往平行世界的機器。我想用那台機器或許可以去到爸媽感情很好的平行世界。」

嗯，應該就是這樣。那我扮演了什麼角色呢？

「可是，突然要自己嘗試還是會害怕，所以……」

「……也就是說，我是實驗品。」

「……對不起。」

女孩老實地道歉。長得那麼可愛，卻做出這麼可怕的事情。或許父母離婚對她而言就是那麼令人震驚的事。我爸媽離婚後感情依然很好，所以我無法了解她的心情。

話雖如此，我也不能就這樣原諒她。

「好，那現在就再來一次，這次換妳進去那個盒子裡。」

「咦？」

「這很正常吧？妳就是為了這個才拿我當實驗，而且我也順利從平行世界回來了。既然如此，妳一定會更順利。」

「……可是……」

女孩猶豫不決，不過我並不是單純為了報仇才說出這些話。雖然我確實被當作實驗品，但就結論而言我還是充滿感謝。因為我再度見到優諾，也學會了重要的事。

所以，我有一半是抱著報恩的心情。我想，去了平行世界，一定可以得到些什麼。

女孩看似還沒下定決心，我決定推她一把。

「妳想見到感情很好的爸媽對吧？我已經見到優諾了。」

你想見優諾對吧？那女孩這樣說，把我送進盒子裡。所以，她應該不會違逆自己說過的話。

「能再見一次優諾，我覺得太好了。」

我最後說了這句話。女孩煩惱了一陣子之後，終於點頭。

「我知道了，我要去。」

「好。」

既然決定，打鐵就要趁熱。在女孩的帶領下，我們再度前往那個有盒子的房間，聽她說明大概操作了機械的哪個部分後（雖然只知道是隨便亂按），就把她送進盒子裡了。

「妳要祈禱去平行世界喔！因為我那時候也有祈禱。」

「嗯，我知道了。」

她老實地回答，祈禱般交握雙手並閉上眼睛。

我關上蓋子之後走向機械。當然，我也不知道該怎麼做。總之只能模仿當時女孩的動作，把能動的地方都操作看看。然而，持續一陣子都沒有任何反應，於是我靠近盒子，向裡頭的女孩搭話。

「喂──怎麼樣？有什麼……」

話說到一半，就停下來了。

我揉揉眼睛。

是我眼花了嗎？

我覺得躺在盒子裡的女孩，看起來好像有點模糊──

「哎呀，你在做什麼？」

後面突然傳來聲音，讓我嚇得回頭。

「啊……是所長。」

「這裡不能隨便進來喔！啊，連我家的孩子都在這裡。快點出來！」

往這裡靠過來的所長，表情看來沒有那麼生氣，不過是不是真的就不知道了。

所長打開盒子後女孩起身，一臉尷尬低著頭。身體看起來也不模糊了。所長什麼都沒說，難道真的是我眼花了嗎？

「你們兩個在這裡做什麼？」

「……我想去平行世界……」

女孩誠實地回答媽媽的問題。順帶一提，我已經用過這個盒子去平行世界的事情，還沒有告訴任何人。這是我們之間的秘密。

「笨蛋。這還沒有完成，所以不可能去到平行世界啊！而且根本還沒通電。」

「咦？」

我和女孩面面相覷。

還沒完成？也沒通電？

「那、那個……」

「畢竟是我女兒，所以好奇心旺盛。你也是遺傳到你爸爸嗎？」

所長好像沒聽到我說話，自顧自地自言自語。

「這或許是父母的錯。不過該罵的時候還是要罵，這就是大人該做的事。總而言之，你們兩個都給我坐好。」

「咦？」

「坐好來。」

「是。」

……接著我和女孩被迫跪坐在堅硬的地面上，聽所長說了將近一個小時的大道理。

＊

終於聽完所長說教，我們回到托兒室等待彼此的父母下班。這裡沒有其他小孩，氣氛很尷尬。

我毫無隱藏自己的不快，直接對沒事做只是坐在身邊的女孩說：「被罵了啦！」

「那是因為你硬要我進那個盒子。」

女孩似乎也不高興。她果然也不是個溫順的小孩。不過，這種說法我還真不能接受。

「說到底還是妳這傢伙的錯吧？」

本來就是這個傢伙把我塞進盒子裡才會變成這樣，所以我說話的口吻也不自覺變得尖銳，甚至還瞪著女孩看。

不過，看到女孩的表情，我馬上就後悔了。

女孩咬著嘴唇，眼裡冒出淚水。

「啊……」

我竟然惹女孩子哭了。這是身為男生最不應該做的事情。要是我冷靜一點，不說那麼難聽的話就好了。剛開始的確是這個女孩把我送進盒子裡，但就算是實驗，託她的福我也順利見到優諾了。

怎麼辦？說點什麼，向她道歉吧！

當我正在尋找合適的話時，女孩回瞪我一眼說：

「我才不是『傢伙』！」

聽到這句話我才發現……

我們一直都不知道對方的名字。

我想起爸爸一開始說的話。對了，既然難得有機會——

「……對不起。我叫日高曆。」

我決定先自我介紹。

爸爸說，既然難得有機會，你就交個朋友吧！

首先就從這裡開始。我伸出手時，女孩睜大眼睛。

接著，馬上開心地笑了。

「我叫栞，佐藤栞。」

接著，我們握了手。

我們握了絕對不能握的手。

中場休息

這一年，佐藤所長遠渡德國，在擁有權威的學會上向全世界發表「已經證實平行世界的存在」。

該研究所發表的內容如下：

這個世界存在許多平行世界，人類在日常生活中也會不自覺地移動到平行世界。移動指的並非物理性的肉體移動，而是意識與平行世界的自己交換。此時，時間並不會移動。

越接近的平行世界和原本世界的差異越小，用比較極端的說法比喻，相鄰的平行世界，差別只在早餐吃飯或吃麵包而已。

另外，越接近的平行世界，不自覺移動的頻率越高，移動時間也很短。這就是人們不會發現已經移動到平行世界的原因。因此，才會發生「原本應該收在某處的東西不見了」、「在已經找過的地方出現要找的東西」、「弄錯約好的時間」等所謂的記憶錯誤、誤會、健忘等現象。

據推測，鮮少有移動到遙遠平行世界的案例。越遠的平行世界與原本世界的差異越大，移動到遙遠平行世界的人類應該會覺得自己就像誤入異世界一樣。

平行世界之間的移動，稱為「平行跳躍」。

第一次的發表內容，大致就是如此。

所長將研究平行世界的學問命名為「虛質科學」。她自大學時代就提倡「虛質科學」，畢業後便在老家大分縣設立了虛質科學研究所。經過詳細研究之後，虛質科學才開始廣為人知。

這項發表引起空前絕後的論戰，世界各地的學者與研究機構為了確認或者否定平行跳躍理論而團結合作。結果只花了短短三年，全世界的研究機構就一致認同平行世界的存在，而虛質科學也正式成為一門學問。

在這個正要開始大幅轉變的時代，我的世界也出現既微小又巨大的變化。

在那之後，我和小栞成為朋友，幾乎天天都在一起。

這件事大幅改變了我和小栞的人生。

小栞和我同校、同年級，只是不同班而已。所以放學之後，我們會一起去研究所，一有機會就聽爸爸、所長和其他所員說起虛質科學的事。託大家的福，我們或許能很誇張地說是全世界小學生當中最了解虛質科學的人。當然，大人們都會用小孩可以理解的比喻，告訴我們相關知識。

自從我平行跳躍到優諾還活著的世界之後，就再也沒有移動過了。在那之後，我們就沒有擅自使用那個盒子，結果小栞一次都沒有平行跳躍過。就算有，大概也是因為離得太近所以沒有發現。幾年後雖然開發了可以測定自己在哪個世界的ＩＰ裝置，但此時還尚未出現這樣的構想。

對這時候的我們而言，虛質科學比較像是童話。

虛質科學一直到我十四歲那年，才變成不可動搖的現實。

也就是出現十字路口幽靈的那年。

第二章

少年期（一）

「我想幫助別人。」

小栞的這句台詞，開啟了那年夏季。

我和小栞十四歲的暑假，兩個人都有大把時間。我和爸爸兩個人生活，而小栞也和所長兩個人生活。我們大部分的時間都一個人在家，所以每天都一起到不同的地方玩耍。上學用的腳踏車可以輕鬆載著我們到遙遠的地方。

今天我們也在學校附近的公園會合，開始討論今天要去哪裡的時候，小栞突然說了這句話。

「為什麼突然這樣說？」

我舔著兩個人平分的蘇打冰棒問。哎呀哎呀，她又開始了嗎？

彼此親近之後，我發現小栞是個非常奇怪的傢伙。基本上雖然是個心地善良的女孩，但好奇心旺盛而且擁有謎樣的行動力，兩者同時發揮威力的時候，她的善良就會往奇妙的方向發展。

譬如十一歲的時候。研究所抓到一隻老鼠，因為文件和電線被咬壞，所以老鼠也差點被處決。小栞覺得很可憐所以養了這隻老鼠，打算好好教牠。結果，自己反被老鼠身上寄生的壁蝨咬，而且還發了高燒，所以她到現在都很討厭老鼠。

畢竟都認識好幾年了，我已經漸漸習慣小栞心血來潮突然說出奇怪的話，不過這次竟然是「想幫助別人」。

「小曆討厭幫助別人嗎？」

「不會啊，如果有人遇到困難，我會幫忙啊！」

「那我們去幫助有困難的人吧！」

「什麼啊？真受不了妳……」

小栞一旦決定要做一件事，你說什麼都沒用。如果我不想做，她一個人也會去。結果往往都會一個人惹出麻煩。因為沒辦法放著她不管，所以最後我也會一起去。

「可是，有困難的人在哪裡啊？」

「如果是人多的地方，應該就會有人遇到困難吧？」

「人多的地方……譬如說？」

「嗯……你有去過美術館的公園嗎？」

「啊，沒有沒有。我想去！」

雖然馬上就模糊了想幫助人的焦點，但是我不會去戳穿她。小栞的父母好像很少帶她出去玩，所以只要帶她去附近的公園她就會很開心。

我和小栞先騎腳踏車到車站，再從車站往南騎十分鐘，然後把腳踏車停在大馬路往裡面走一點，就會抵達一個小公園。這裡還不是目的地。這個公園叫做「在地廣場」，只是占了大半個小丘陵的寬廣公園其中一隅而已。

沿著往丘陵頂部的道路向上走了一段，岔路上立著兩根圖騰柱。那就是森林公園的入口。我們從那裡沿著森林中的散步路線一路往前走。走得有點累的時候，在山丘中段出現另一個叫做「兒童廣場」的公園。

兒童廣場比在地廣場擁有更多遊樂器材，而且景色開闊，有很多家庭會帶孩子來玩耍。有結合肌肉運動和溜滑梯的複合型遊樂器材、半圓形的攀爬架和蜻蜓形狀的翹翹板。我記得爸媽還沒離婚的時候，帶我來過好幾次。

「小栞，要選一個玩嗎？」

「……我又不是小朋友。」

小栞雖然這麼說，但她眼神看起來閃閃發亮。不過，和年紀差那麼多的小孩混在一起玩，可能有點丟臉吧。我很想去玩久違的超長溜滑梯，但也忍住了。

「這裡沒有……遇到困難的人嗎？」

小栞這麼說，我便環顧廣場一圈，大家都玩得很開心。幫助人雖然是件好事，但是沒有人需要幫助其實更好。

「上面還有，要去看看嗎？」

我們回到散步路線，繼續往上走。雖然正值盛夏，但森林裡涼爽舒適。不過還是會流汗，但是只要和小栞在一起就一點也不覺得苦。

喘著氣走到散步路線的盡頭，就抵達山丘上美術館的後方。穿過這裡的停車場走上階梯，就會抵達目的地——瞭望廣場。

「哇……原來是這樣的地方啊！」

鋪滿草皮山丘上，陽光普照大地。廣場的正中央有一個巨大的大象雕塑，我好幾次想爬上去但是都失敗了。

那個雕塑的另一側可以看到整個城鎮和一點海景。

「那棟建築物是什麼？」

「那是什麼來著……好像叫做某某之家。」

我們靠近草皮對面的建築物。看板上寫著「兒童之家」。帶著幼齡小孩的媽媽們，好像在那裡面從事某些娛樂活動。

兒童之家建築物外有樓梯，可以爬到屋頂。今天我個人的最終目的地就是這裡的屋頂。

剛好，現在一個人也沒有。我一邊向小栞招手，一邊衝上階梯。

「妳看！這裡風景最好！」

「哇啊……」

從瞭望廣場可以看到街景，但視線高度會有森林的樹木遮蔽，看不到全貌。然而，在這裡的話，森林完全在視線下方，景色真的很美。

「可以很清楚看見山景耶……要是海也能看得這麼清楚就好了。」

「和山相比，小栞比較喜歡海嗎？」

「如果硬要選一個的話，應該是吧。」

「是喔。我比較喜歡山。」

「我也很喜歡山啊！」

「那明天去爬山？」

「嗯，好啊！」

這樣明天的目的地就決定好了。剛好有一座我之前就很想去的山。因為是第一次去，所以我很期待。

既然難得來，我們也去逛了一下美術館。不過，我們兩個不太懂美術品的優劣，快步繞了館內一圈就出來了。小栞好像對另一條散步路線更有興趣，所以按照她的期望，這次從另一條路下山。

這條散步路線，途中都沒有遊樂器材，所以幾乎沒有什麼人。我心想安安靜靜也不錯，慢慢走下山。途中的水邊廣場裡有一個小小的涼亭，我們在那裡坐著稍微休息一下。

「好涼快喔！」

「對啊！」

涼亭像樹蔭一樣，搭配附近的流水聲，讓人感覺清涼無比。我們沒有說什麼話，就這樣任憑時光流逝直到不再流汗為止。

「啊！」

小栞突然大叫一聲。

「怎麼了？」

「……忘記要幫助人了啦！」

是啊，我不禁苦笑。小栞從途中就開始專心在公園玩。

「沒有人需要幫助不是很好嗎？」

「話是這樣說沒錯。」

小栞低頭皺眉。她是因為沒能幫助別人覺得遺憾呢？還是因為自己為了想幫助人而尋找遇到困難的人，覺得有罪惡感呢？

「妳為什麼突然說想幫助人啊？」

小栞的確很常做這種無厘頭的事情。但是仔細聽她說，背後其實都有原因，並非她任意妄為。

沉默一陣子之後，小栞好像放棄掙扎似地開了口。

「我見到爸爸了。」

她出人意表的一句話，讓我暫時停止思考。

爸爸應該是指已經離婚的小栞的父親吧？那個和所長大吵一架，放話說再也不見面的爸爸。

「啊，要對媽媽保密喔！」

有一瞬間，我以為他們夫妻和好了，看來事情並非如此。小栞瞞著媽媽和離婚的爸爸見面了。

「雖然我覺得不應該去見爸爸，不過之前整理家裡的時候看到爸爸的照片，讓我很想念他……所以昨天我跑去爸爸的公司和爸爸見面。」

「這樣啊。見過面之後，覺得怎麼樣？」

「爸爸很溫柔。說我來得好，還摸了我的頭，帶我去吃很大的聖代……我高興之下，就問他能不能和媽媽和好，可是爸爸說沒辦法。」

我爸媽雖然離婚，但至今仍然感情很好。所以我找不到什麼話能安慰小栞，總覺得說什麼都不對。

「不過，爸爸說了。雖然我們不能一起生活，但是會一直愛我。所以希望我就算沒有爸爸，也能當個乖孩子。」

「所以，妳就要去幫助人？」

「嗯！爸爸說要當一個幫助他人不求回報的人。」

「話雖如此，因為這樣而希望別人有困難，不就失去意義了嗎……」

「嗯……說得也是。」

這就是小栞有趣的地方。要說她是為了達到目的不擇手段嗎？還是只見樹木不見森林呢？最後，她總是陷入自我厭惡的情緒之中。

我想起第一次在研究所見到她時，突然被當成實驗品的事情。就算長大了一點，她的內心也完全沒變。看到小栞露出和當時一樣的表情低著頭，我又再度忍不住苦笑。

「那如果以後我有困難的話，妳就來幫我吧！」

這是最符合我風格的安慰了。我想像小栞會因為這句話露出笑容，充滿朝氣地點點頭。

沒想到小栞還是緊皺眉頭，完全沒有笑出來。

「我當然會幫你。」

「什麼啊，幫我有什麼不好嗎？」

「不是啦……因為小曆是我朋友啊！」

「朋友又怎麼樣？」

「呃……這樣我就不能對你說『區區小事，不足掛齒』啊！」

「什麼？」

這孩子到底在說什麼？

「不是要不求回報地幫助他人嗎？要幫助不認識的人，然後當對方問自己叫什麼名字的時候，才可以說『區區小事，不足掛齒』啊！所以小暦不行啦！」

小栞說這些話的時候，表情非常認真。

我不禁嘆了一口氣。

「妳有時候真的笨到不行耶。」

「什……什麼！我才不笨！」

看著小栞用一副快要哭出來的表情回嘴，我不禁想摸摸她的頭。

*

為了盡快實現昨天約好的登山之行，我和小栞今天也一起出門。

雖然說是登山，但登山不是我的目的。那座山中間有一個很有趣的地方，我的目的是去那裡玩。因為到目的地為止都是柏油路，所以我和小栞氣喘吁吁地推著腳踏車爬坡。

爬坡的時候腳踏車就是個累贅，但是只要有腳踏車，回程時就可以一口氣順著坡度向下溜。我心裡想著這一點持續爬坡，好不容易找到停車場這個地標並把腳踏車停在那裡，我沒想到會花那麼多時間。我們大概三點出發，一看時鐘才發現已經超過五點了，從車站到這裡竟然花了兩個小時。應該是因為途中有點迷路，再加上越接近目的地上坡路段越多的關係。因為地圖上顯示距離差不多是十公里，所以就一時大意了。

話雖如此，走到這裡登山的行程就幾乎結束了。雖然這裡不是山頂，但是目的地應該就在這附近，我們依照手寫地圖的標示往最終目的地前進，中途沒有迷路，大約五分鐘後就找到「鐘樓瞭望台」的看板。

看到出現在那裡的東西，小栞睜大眼睛。

「鐘？」

對，是一座鐘。除夕夜和尚會敲的大鐘就在山頂上。

「這裡是瞭望台嗎？」

小栞有點不滿地喃喃自語。雖然這裡也能眺望街景，不過周圍有樹木，其實沒什麼瞭望台的氣氛。我們費了九牛二虎之力推了腳踏車上來，看到這個景象覺得不滿也是無可厚非。
不過，事情不是這樣的。
「小栞，這裡這裡。」
我對小栞招手，帶她到大鐘的另一側。
「……啊！」
有一道梯子從鐘樓的屋頂垂直向下延伸，屋頂還開了能讓一個人穿過的洞。
「這……該不會能爬上去吧?!」
「妳答對了！」
小栞瞬間整個臉都亮了起來，我也不禁笑容滿面。我就是想看到她這個表情才帶她來這裡。
靈山鐘樓瞭望台，這是距離車站往南約十公里，位於靈山中段的瞭望台。本來是靈山寺的鐘樓，但屋頂變成瞭望台，是個有趣景點。我聽研究所的人說過，本來就想著哪天要來看看。
「我先爬上去，妳要小心跟上喔！」
「嗯。」

我慢慢爬上陡峭的直梯，到了屋頂也刻意不看風景，伸手把小栞拉上來。然後，我們兩個人肩並肩，一起抬頭看。

「……好厲害喔！」

昨天去的美術館瞭望台海拔不到一百公尺，但聽說這裡將近四百公尺。視野開闊的等級截然不同，就連在美術館那裡看不太到的海都能清楚看見。

「我一直想和小栞來這裡。」

「嗯……謝謝你，小曆。」

小栞瞇著眼睛眺望風景。比起風景，我反而被她的側臉吸引。蓬鬆的黑髮隨風起舞，桃子般甜甜的香味竄進我的鼻子裡。突然覺得我好像做了什麼虧心事，慌慌張張地別開臉。

接著，我聽到更讓人開心的話。

「我也覺得，能和小曆一起來這裡，真是太好了。」

小栞看著我，有點害羞地笑了。

我的心臟，咚地響了好大一聲。

這是怎麼回事？心跳突然變得好快。臉上充血，臉頰也覺得好熱。感覺好像連耳朵都熱了起來。被小栞盯著看，感覺很不好意思，於是我整個人轉身朝向另一側。對著輕撫我臉頰的風祈禱，拜託趕快讓熱氣散去。

我們的對話就這樣中斷，有一段時間彼此都默默看著風景。偷偷觀察小栞的側臉，覺得她臉頰還有一點紅……是我的錯覺嗎？

待臉頰上的熱潮終於退去，一看時鐘發現已經快要六點了。雖然回程不像去程那樣花時間，但再不趕快下山，回到家時天色就全暗了。

本想開口說：差不多該走了……但是，突然想起一件事讓我閉上嘴巴。

告訴我這個瞭望台的研究員說過：

鐘樓瞭望台的夜景最美。現在是七月底。大概要晚上七點，太陽才會完全下山。只要再等兩個小時，就可以和小栞一起看最美的夜景。

天色變暗之後回家比較危險，有可能又會迷路。要是超過九點才到家，應該會被罵。

可是難得來這裡，真想看看夜景。

……而且我想看的是，小栞看著夜景的側臉。

當我正在煩惱該怎麼辦的時候，小栞像是指點我正確答案似地說：

「我說，是不是差不多該回家了啊？」

我知道，這樣做才對。

但是，我……

「那個，聽說這裡有非常漂亮的夜景喔！」

「夜景？」

「嗯。所以我們要不要待到天黑？」

我這樣說之後，小栞很苦惱似地皺起眉頭。

「可是……大概要八點才會天黑吧？如果等到那時候，回到家不就快十點了？」

「回程是下坡，不用那麼久。動作快一點的話，八點應該就能到家了。」

「天黑之後還趕路，很危險啊！」

「可是人家說夜景很漂亮……」

我沒有再繼續說下去，沉默了一陣子。怎麼想都是小栞說得對。

不過，小栞她……

「……嗯。我知道了。我們就看夜景吧！」

真的嗎？我差點就高興地喊出聲了。

看到小栞用一副「真拿你沒辦法」的困擾表情，像是看著任性的小孩似地笑了。我突然覺得自己真的很丟臉。

「……不，還是算了。我們回家吧！」

我說完，沒等小栞回應就爬下直梯。

「咦？這樣好嗎？」

小栞雖然很疑惑，但還是跟著我下來。接著，我們沒有交談就直接騎上腳踏車開始下坡。沒錯，不是因為什麼下山走夜路很危險，而是想到萬一小栞要是出了什麼意外怎麼辦。

我什麼都沒說，控制煞車緩緩騎下坡。

結果，小栞騎到我旁邊。

「等到我們變成大人，玩到天黑也不會被罵的時候，再一起來吧！」

她用溫柔的聲音對我說。

「哪知道變成大人之後我們兩個還有沒有在一起？」

明明心裡很開心，但還是說出這種彆扭的話。我到底在鬧什麼脾氣呢？

「我啊，作了一個夢喔！」

小栞突然開始說起夢境。

「作夢？」

「嗯。夢到我搭乘時光機，去見未來的我。」

我看著小栞，發現她以非常平靜的表情直視前方。

「未來的我說，就算變成大人、變成老婆婆，也會一直和小曆在一起。」

啊……

真是一個美妙的夢啊！

「變成老爺爺的小曆，得了失智症忘記我。然後我幫了小曆的忙，還對你說：區區小事，不足掛齒。」

「……一定會是妳先失智。」

「啊哈哈，有可能。如果是那樣的話，就換小曆來幫我吧。」

「喔，好啊！」

「真的嗎？」

小栞一副很高興的樣子看著我。她為了這種夢裡發生的事情，眼神閃閃發亮。
所以我也認真的回答。
「我答應妳。如果妳有困難，我一定會幫妳。」
「嗯。」
或許……
我就是在這一天愛上她的。

＊

我和小栞十四歲的夏天非常平靜。
那天我和小栞在研究所的托兒室，休息中的爸爸和所長都在，他們趁機幫我們上了一堂簡單的虛質科學課程。
「你們知道虛質科學的『虛質』是什麼嗎？」
所長出題後，我和小栞面面相覷。雖然感覺自己好像知道，但是叫我重新說明又很困難。
「呃……是海嗎？」

「那是一種比喻。虛質科學是建立在虛質空間這種概念之上。相對於分子所構成的物質空間，由虛質元素構成的就叫做虛質空間。我們認為這個世界是由物質空間和虛質空間重疊而成。」

所長平常說話方式有點奇怪，但認真講話時口吻會變得很像男人。面對這樣的所長，我也會不知不覺地像學生一樣回答。

「所以虛質空間可以比喻成大海對吧？」

「嗯，為了正確了解平行世界的概念，的確是可以這樣比喻……不過，在這之前必須先知道虛質空間是『為了變化而存在的場域』。」

「為了變化而存在的，場域？」

「對。這個世界的時間會一直流逝。創造出這些時間的就是虛質空間。而所謂的時間，就是指變化。雖然這是一種悖論，但因此虛質空間也就成為變化的場域。不是因為時間產生變化，而是因為變化而形成時間。」

不愧是創造出一門學問的天才，儘管我認為自己在十四歲的小孩裡面算是聰明的，仍然無法順利理解她的話。

我望向一直靜靜聽的小栞，小栞也一副苦惱的樣子看著我。本來想說或許小栞聽得懂，結果事情好像並非如此。

因此，我向爸爸求救。為了應付這種時候，自爸爸和媽媽離婚以來，我都一直要求爸爸盡量用淺顯易懂的方式說明困難的事情。爸爸回應我的期待，開始用比喻的方式描述。

「這個啊……譬如說，我們在投球好了。投球的時候，球不是因為隨時間經過而前進，而是把球前進的變化稱為時間。」

「……什麼意思？」

「也就是說，這個世界本來沒有時間，只是連續發生『不同的狀態』。啊，手翻漫畫應該比較好懂。雖然只是一張張的畫，但是疊在一起翻，看起來就像是在動。這種『看起來在動』的現象就叫做『時間』懂嗎？」

「嗯……好像有點懂。」

我點頭之後，又再度由所長繼續說下去。

「產生這些『不同狀態』的就是虛質元素。宇宙意志就是持續改變。世人都怕寂寞，怕相鄰的自己是不同人。」

這個人不只聰明，有時還會變成詩人。她好像很喜歡以前的動畫、遊戲和輕小說。我聽爸爸說她很愛用這些作品中出現的專有名詞和台詞，不過這只會讓我越聽越不明白。

我都還沒要求翻譯，爸爸就開始比喻了。「假設這個世界是一本筆記本，虛質空間就是一張白紙。每一張都可以畫上喜歡的圖，做成手翻漫畫。上面畫的文字和圖形就是物質空間。也就是說，紙的材料就是『虛質』，畫在紙上的墨水就是『物質』。虛質是為了讓物質擁有具體形象而存在，物質若沒有虛質就無法成形。這樣想就可以了。」

「嗯。這樣我就懂了。」

我多年來的辛苦總算有了回報，爸爸學會淺顯易懂的說明方式了。如果沒有爸爸的說明，所長說的話我大概有一半都聽不懂。小栞也點頭表示懂了的時候，主講人又變回所長。

「虛質空間裡充滿虛質元素。這些虛質元素形成物質空間，其變化的差異形成平行世界。每個世界中由變化的元素所描繪的圖形，我命名為『虛質紋』，英文就是『Imaginary Elements Print』，通常都簡稱ＩＰ。」

「如果再用筆記本比喻的話，就是在同一頁上畫的圖形，每一個都是平行世界。也就是說，各個圖形的轉印圖像就是虛質紋。」

我再度對爸爸的比喻充滿感謝。

「我現在主要的研究，就是測定世界的ＩＰ並將平行世界之間的差異數值化。話雖如此，目前還未能直接觀測虛質元素，所以實際上只能藉由測定物質的基本粒子狀態，以模擬的方式導出ＩＰ。藉由將測定出來的ＩＰ差異數值化，就能知道現在自己位於多遠的平行世界。現階段連試做的產品都沒有，不過我的構想是做成像手錶一樣的穿戴裝置。」

我稍微想像了一下，用手腕上裝置顯示的數值，確認自己現在在哪個平行世界……感覺好像漫畫情節。

「藉由觀測、控制ＩＰ，或許能順利移動平行世界，這就是虛質科學這項學問。」

「爸爸和所長做一樣的研究嗎？」

「不，我的研究又不同了。其實不太能透露研究內容的。」

「只是跟小孩說而已，沒關係吧？」

所長輕鬆說出這句話，爸爸一副拿她沒辦法似地聳聳肩。

「這樣啊……雖然虛質科學對科學進步有貢獻，但持續發展下去，有可能會產生利用虛質科學的新型犯罪。」

「犯罪？什麼犯罪？」

「正確來說，不是犯罪而是冤獄，也就是把罪行嫁禍給別人。比如平行世界的小曆偷了東西，然後平行跳躍到這個世界，在這個世界沒有發生偷竊事件，所以也不會有罪。但是另一個世界的小曆，就會被冠上偷竊罪。我認為這是很有可能發生的事。」

「真的耶……那該怎麼辦？」

「所以得想辦法讓犯罪的人無法平行跳躍才行。這也是我們的工作。我的研究屬於這個方向。」

「喔。」

小栞舉起手，像是在說：老師，我有問題！

「那個，不是讓警察也跳躍過去逮捕犯人就可以了嗎？」

「但是，這樣不就不知道犯人逃到哪個平行世界了嗎？」

「啊，也對……那……」

我和小栞互相交換了那也不是、這也不行的意見。雖然我本來就喜歡學習，但是和小栞一起就更開心了。

爸爸和所長沒有打擾我們，兩個大人自己偷偷摸摸說著悄悄話，有時還會往我們這裡看。究竟在說什麼呢？

接著，看準我們的對話告一段落。

所長突然開口說：「你們兩個在交往嗎？」

……因為事出突然，我和小栞沒有馬上回話。

「所以你們兩個，果然真的是那種關係？」

這句話是爸爸說的。那種關係是什麼關係？小栞比我還早意會過來。

一開始是小栞先發怒。

「你……你們在說什麼?!我跟小曆才不是那樣！媽媽是笨蛋！」

雖然有時候會像媽媽一樣行為古怪，但小栞基本上個性乖巧，這是我第一次看到她反抗媽媽而且大聲說話。

那種關係、才不是那樣，這些話我應該都明白才對，但是不知道為什麼我一時無法理解。接著，當我漸漸意會過來之後，才發現爸爸和所長認為我和小栞之間是男女關係，當時我心裡第一次對大人產生厭惡感。

的確，我在前幾天發現自己對小栞的感情。

然而，我想要用自己的方式好好珍惜這份感情，或許我現在告白，小栞也會點頭答應。但是，我想要累積比現在更長的時間，慢慢培養這份感情，讓我們自然而然發展成超越朋友的關係。因為我和小栞之間的關係，就是這樣慢慢培養起來的。

結果，現在他們說的是什麼話？

我該說什麼才好？我和小栞慎重下筆疊色的畫布，被大人擅自補上關鍵的顏料了。

明明我和小栞慎重描繪的畫，都還沒按照我們的希望完成啊！

我有史以來第一次揍了爸爸。

「……別開玩笑了。」

以十四歲這個年齡來說很罕見，我和小栞都沒有經歷過像樣的叛逆期。我想，這應該就是我們二次叛逆期的開端吧。

被我揍的爸爸，似乎還沒搞懂自己為什麼會被揍，只是呆呆地看著我。所長也一樣。
本來在對媽媽發脾氣的小栞，看到我揍爸爸時，臉上出現擔心的神色。我為什麼要讓小栞露出這種表情？一想到這裡就更生氣，乾脆背對爸爸他們。
「小栞，我們走。」
「……嗯。」
小栞乖乖跟上走出托兒室的我。雖然有一瞬間心想是不是應該握著她的手，但是我沒有這麼做。後來，我和小栞兩個人到附近的河川邊，對著河裡丟石頭，一邊互相罵自己的父母。話雖如此，我們兩個人以前都不曾這樣反抗雙親，所以即便是大罵，也沒什麼魄力。
「媽媽太過分了，怎麼會說出這種話！」
「搞不懂他們是什麼意思啊。我和小栞怎麼了嗎？」
「小曆的爸爸說『果然』。」
「什麼果然啊！自己明明就和媽媽離婚了，竟然還說得好像自己很懂的樣子。」
「我媽媽也是啊，明明就讓爸爸那麼生氣……」

「怎麼可以亂說話……早知道就多揍他幾拳。」

我帶著怒氣把石頭丟進河裡，整個人煩躁到不行。

小栞對她媽媽說的那句話……

我跟小曆才不是那樣！

我最不想聽見的話，竟然在這種狀態下聽見了。

我現在才明白。發現自己對小栞的心意卻沒有告白，就是不想聽到這句話，所以刻意讓兩個人保持模糊的距離。

然而，小栞卻說出口了。「……我們，明明就不是那樣啊。」

「……對啊。」

原本想繼續保持曖昧的關係，這下因為大人而被戳破了。

＊

我的世界從那天開始崩壞，這種說法似乎太誇張。然而，我的世界從那天開始就突然失色，則是千真萬確。

八月十五日。因為是去年爺爺往生之後的第一個盂蘭盆節，所以我和爸爸一起到媽媽的娘家拜訪。第一次揍了爸爸之後，我盡量不和他見面，每天都和小栞一起出去玩，在家的時候也把自己關在房間，父子倆幾乎沒有對話，但終究沒辦法無視這個重要節日。

媽媽是獨生女，所以來的親戚都是爺爺和奶奶的兄弟姊妹，以及他們的孩子。被一群不太記得的親戚包圍，而且以不熟悉的跪坐姿勢聽和尚念了很久的經以及我聽不太懂的話。

之後，不怎麼熟的阿姨像往常一樣對我說「你長大了」的時候，我乖巧地以笑容回應；叔叔伯伯喝了酒開始纏上來的時候，我假裝自己想上廁所尿遁……當親戚都回去，只剩下我和爸爸、媽媽、奶奶四個人的時候，夜已經深了。

大家一起收拾善後，奶奶先去休息，我們一家三口久違地聚在一起。三個人一起喝著媽媽泡的茶，我覺得氣氛有點尷尬。不過，媽媽就像以前那樣向爸爸搭話。

「謝謝你來，你應該不太喜歡這種場合吧？」

「反正妳是獨生女啊。」

爸爸和媽媽的對話，聽起來總像是在雞同鴨講。就我個人的解釋，媽媽的意思應該是已經離婚的爸爸，大概不喜歡參加媽媽的親戚聚會，而爸爸則認為反正都是遠親，所以不會特別在意。就是因為爸爸這種說話方式，才會和媽媽漸行漸遠，最後以離婚收場。不過，久違地雞同鴨講之後，媽媽不可思議地開心笑了出來。

「你們會在這過夜吧？」

「不，我要回家。小曆如果想住，就住下來吧！」

「嗯，好。」

我冷冷地回答。就算爸爸不說，我本來也打算這麼做。我現在還是盡量避免和爸爸待在一起。可能是從我的表情中察覺出什麼，媽媽一副苦惱的樣子看著我。

「小曆，你和爸爸吵架了嗎？」

「沒有啊。」

「這就是所謂的叛逆期吧，他正值這個年紀啊！」

「這樣啊。畢竟小曆也已經國中二年級了。你有想要考哪一所高中嗎？」

「上野丘或者舞鶴吧。」

「哇，好棒啊！小曆像爸爸，頭腦聰明啊！」

怎麼回事呢？以前從來不覺得有什麼，現在光是說我像爸爸，都莫名一肚子火。明明不久之前我還想和爸爸一樣成為研究人員……

「話說回來。」

爸爸突然端正坐姿，說了這句話。

「我今天有話要對你們兩個人說。」

「什麼話？」

媽媽歪著頭。我也一樣，爸爸並沒有事先告訴我是什麼事情。不是對我，也不是對媽媽，而是對我們兩個人說。到底是什麼事呢？

我心想，說不定……我心裡抱著些許期待，說不定是……我們和好吧！之類的事情吧？

爸爸和媽媽之間並沒有什麼致命的問題。實際上，離婚之後感情也一直很好。爸爸和我兩個人生活的這幾年，並沒有過得不好，只是我好幾次都想過，要是媽媽在就好了。爸爸一定也這麼想。

因為離婚的主要原因是爸爸和媽媽之間的對話搭不上線。做研究的爸爸總是以自己的特殊知識為前提和媽媽說話才會這樣。然而，離婚之後和我一起生活，因為我總是要求他用淺顯易懂的方式說明，所以這一點應該大有改善才對。就連虛質科學這種困難的學問，他都能用水中浮起的氣泡來比喻說明。

爺爺過世後，媽媽和奶奶一起生活在這個寬闊的家裡。我也沒聽媽媽提起再婚的事。說不定爸爸是想提議，我們全家人再度一起生活吧──

爸爸看著我，也看著媽媽說：

「其實，我正在考慮再婚。」

那一瞬間，我心想：太好了！

不過，媽媽的反應讓我發現事情和我想得不一樣。

「這樣啊，對象是誰呢？」

……對象，不是媽媽嗎？

那到底是誰？我還會有除了媽媽以外的新媽媽嗎？

我覺得這個世界好像突然被推翻一樣，讓人好混亂。

因此，爸爸接下來說的話，我也沒辦法馬上理解到底是怎麼回事。

「研究所的佐藤所長。妳應該也認識才對。」

……佐藤所長？

「啊……果然跟我想的一樣。」

「她也在幾年前離婚，有一個和小曆同年的女兒，現在兩個人一起生活。」

和我同年的女兒？

「那小曆就有姊姊或妹妹了呢。」

「生日好像是小曆比較早。所以是妹妹。」

等等，不要擅自作決定啊！

「小曆認識那孩子嗎？」

「啊，每天都玩在一起，感情很好。」

那孩子就是每天和我一起玩的……

「這樣啊，那就能成為感情很好的兄妹了呢！」……是指小栞嗎？

小栞會變成我的妹妹？

我的確想和她變成超越朋友的關係，兄妹的確超越朋友。但是，不對啊！

我不是想要這樣——

抛下停止思考的我，爸爸和媽媽繼續對話。

「這件事已經和對方談過了嗎？」

「嗯，我想現在她應該也在和女兒說這件事。」

「你是第一次跟小曆提這件事嗎？」

「是啊。」

「那就得先問問小曆的意見了。」

「嗯。小曆，你知道研究所的所長吧？就是小栞的媽媽。」

「嗯。」

我還在停止思考的狀態，只是反射性地回答。

「那個人可以成為你的新媽媽嗎？」

「我覺得，都可以。」

可以啊。所長可以當我的媽媽，無所謂。

可是，小栞當我的妹妹……

「這樣啊，謝謝你。不過，我也不是馬上就要再婚，我希望你可以多花一點時間和所長培養感情。所以你偶爾也來研究所玩吧！」
「……嗯。」
我沒有多想什麼就回答了，可是這樣真的好嗎？
「總之，我先說聲恭喜囉！」
「謝謝妳，我希望妳也能找到好對象。」
「呵呵，我都幾歲了？沒辦法像男人一樣找對象啦！」
「……是這樣嗎？」
「就是這樣啊！」
「我覺得不是，妳是非常有魅力的女性……」
「如果真的很有魅力，當初就不會離婚了。」
「那是因為我……」
「別說了，這就是你的缺點。別在不了解對方的狀態下，一直責怪自己，也要適時地把錯推給對方啊！」
「……真是，不像妳會說的話啊！」
「呵呵，和你離婚之後，我就一直想著哪天要好好教訓你一頓啊！」

「妳啊！果然還是很有魅力。」

「謝謝，既然你都這麼說了，我就再努力一下好了。」

爸爸和媽媽就這樣持續大人之間的對話。

那段時間，我一直想著小栞。

小栞會變成我的妹妹。如此一來，我們就能比現在更常在一起。這一點的確很讓人高興。

但是，話不能這樣說吧？

我並不是想和小栞成為兄妹吧？

但是，這時候我又想到另一件事。

小栞會怎麼想呢？

爸爸說，所長現在也正在和小栞提起這件事。

小栞現在在想什麼呢……

＊

聽聞爸爸說要再婚的事後，我在媽媽家過夜。隔天，我不想直接回家，於是約了小栞出來。

我們在國中附近的公園集合，就像沒事一樣，開始討論今天要去哪裡。小栞應該已經聽媽媽說過再婚的事，但我怎麼看，她的笑容都一如往常。

「那個，小曆，我今天有一個想去的地方。」

小栞很罕見地說了這句話。平常大都是我帶小栞去一些從朋友或研究所的人那裡聽來的景點。

「哪裡？」

「田浦海灘。你有去過嗎？」

「啊，水族館附近的那個？以前我好像去過一次。」

騎腳踏車的話大概三十分鐘左右吧？因為是沿著國道，所以路面寬廣也沒什麼上下坡，或許很適合騎腳踏車，而且海灘很適合夏天去啊！

「我想要去那裡。」

「可以啊！那就得回家拿泳衣了。」

「不用，不游泳也沒關係。我想在那裡跟小曆說一件事。」

難得要去海邊……雖然有點遺憾，不過和女生兩個人單獨去海邊游泳，感覺也有點害羞。結果我和小栞就這樣直接騎著腳踏車開始移動。

一邊眺望著海景，沿著國道十號騎腳踏車北上約三十分鐘，右手邊就能看到濱海公園——田浦海灘。因為免費，所以是個小孩自己也能來玩的地方。

把腳踏車隨便停在停車場之後，我和小栞開始沿著步道走。雖然現在是暑假，不過可能是因為盂蘭盆節已經結束而且又是平日，人沒有我想像的那麼多。即便如此，海水浴場裡還是有很多人在游泳，看到這個景象，讓滿身大汗的我好想跳進去。

忍下這種心情繼續漫步，走著走著便看見沙灘上有一個帆船形狀的複合遊樂器材。因為可以鑽進去裡面，所以完全變成幼齡小孩的遊樂區了。

「小曆，你有進去裡面過嗎？」

「只有進去過一次。」

「裡面是什麼樣子？」

「嗯……因為是小時候的事，所以也記不清楚。」

「這樣啊……我想進去看看……」

「那就進去啊。」

「我怎麼能和年紀那麼小的小孩一起玩。」

看著小栞的眼神就知道，如果可以她很想鑽進去看看。不過，這個年紀還推開小小孩鑽進裡面，的確是不太好意思……總感覺好像之前也發生過類似的事情。

田浦海灘有趣的地方，就是海灘正中央有一座橋通往海上，海上有個名為田浦島的人工小島。過橋之後，繞著小島走一圈，就會看到穿著泳衣躺在草皮上的人們，還有以我的知識只能判斷為椰子樹的樹木，在這裡可以享受彷彿南國島嶼的氣氛。不過，海的對面可以看見工業區的樣貌，另一側則是聳立著以猿猴聞名的山……總之，是個很有趣的地方。原本慢慢前行的小栞停下腳步，望向大海。

「好漂亮……」

從人工島的北側直直往大海的方向看過去，視線就像是被大海和天空一分為二似地映著大片蔚藍。一直盯著看的話，感覺好像會被海天的藍色吸進去，如果沒有柵欄的話，說不定會有人不自覺踏出一步，就那樣落入海裡。

「要坐下來嗎？」

小島的北側有很多長凳。剛好一個有椰子樹蔭遮蔽的長凳空著，所以我想問小栞要不要在那裡坐。

「不用了，我們去那裡談吧！」

小栞指著草皮上有屋頂的休息區。大大的入口處上有一座小鐘，是個建成禮拜堂外形的休息區。

我本來想刻意避開那裡的。我清楚記得，以前和爸媽一起來的時候，媽媽在這裡假裝結婚的樣子。那是兩個人還沒離婚時的事了。再加上，爸爸說要再婚，所以我一點也不想靠近會聯想到結婚的地方。

不過，今天是小栞說想來這裡。她和我一樣，都聽父母提到再婚的事。

所以，才會有事想在這裡說吧！

「嗯，我知道了。」

我順從地點頭，和小栞一起走進仿冒的禮拜堂。

雖然說長得像禮拜堂，但那也只有從南側的入口看過去才像，其他三面連牆壁都沒有。坐在裡面的木製長凳，才有點像是在教堂裡的感覺。

坐在我身邊的小栞，沉默了一陣子，什麼都沒說。

怎麼辦？我先起頭比較好嗎？……正當我開始這麼想的時候，小栞才終於輕輕開口。

「你聽說了嗎？」

「……聽說了。」

不用問也知道她指的是什麼。「嚇了一跳吧？」

「對啊。在研究所的確是經常看到他們同進同出，但我以為是工作。」

「畢竟小曆的爸爸是副所長啊。」

「咦，是這樣嗎？」

「你不知道嗎？」

「不知道……我只覺得職位應該滿高的……」

「那你也不知道他們是大學同學？」

「啊，這我倒是有聽說。我知道他們一起創辦研究所。」

「他們以前交往過嗎？」

「我想爸爸大學的時候就已經和媽媽交往了。」

「咦，這樣啊？」

「嗯。昨天晚上我問媽媽的。他們大學的時候認識，是媽媽告白的。」

「那小曆的媽媽和我媽媽也是同學嗎？」

「雖然和我媽媽是不同大學，不過好像透過爸爸認識了。聽說他們都很聰明，總是兩個人湊在一起聊很難懂的話題。」

「……小曆的媽媽對再婚的事情有說什麼嗎？」

「媽媽說，果然……」

「這樣啊……」

這時，小栞又沉默不語。

爸爸、媽媽、所長。我不知道他們三人之間的關係，也不知道他們對彼此的想法。我以前沒問，之後我也不打算問。我認為那不是我能插嘴的事情。

因此，問題在於對我們有直接影響的部分。

「我媽媽變成小曆的媽媽……小曆覺得怎麼樣？」

「我並不排斥。只是覺得她有點怪，但很有趣，也會教我很多事。而且，她很漂亮。」

「呃，我應該說謝謝嗎？」

「小栞呢？我爸爸變成妳爸爸，妳覺得怎麼樣？」

「我也不排斥。想法和小曆幾乎一樣。雖然他有點怪，但很有趣，也會教我很多事。」

「這樣一想，我爸爸和小栞的媽媽兩個人很像呢。」

「對啊。所以才會合拍吧？」

說到這裡，我又再度陷入沉默。不對，我想說的不是這個。

我想問的是，我和妳變成兄妹，妳覺得怎麼樣？小栞一定也想問一樣的問題。我們彼此都不知道自己被問到這個問題時，該怎麼回答。

而且，也不知道對方會怎麼回答。

不知道答案……令人害怕。

「我啊……」

很丟臉的是，先鼓起勇氣的是小栞。

身為男人，或許應該由我先開口才對。然而，我卻什麼都沒說，只是等著小栞發言。

「我覺得啊……」

我凝視小栞的側臉。她幾乎是面無表情，瞇著眼面對大海。

她的臉頰……

黑髮輕撫著小栞的雪白臉頰……

「……我本來心想，總有一天要和小曆結婚的。」

說這句話的同時，小栞的臉頰瞬間轉紅。

相較之下，我的頭腦則是一片空白。

小栞把手夾在兩膝之間，身體縮成一團。通紅的臉頰上冒著汗，應該不是因為天氣太熱的關係。「可是……變成兄妹的話，就不能結婚了吧……」

截至目前為止我心中有諸多不安。小栞會像我喜歡她一樣，也喜歡我嗎？會不會那些都是我自己美好的妄想，小栞只是把我當成朋友？她會不會覺得就算父母結婚，我們成為兄妹，其實也沒什麼？

那些不安，現在一股腦地都吹散了。

「小栞！」

我抓著小栞的肩膀，硬是把她轉向我。

「嗯……嗯？」

臉頰依然通紅的小栞，眼中帶淚回望著我。

我什麼都沒想，就說出腦袋裡浮現的話。

「我們兩個，一起逃走吧！」

＊

一場根本就辦不到的——夏季逃難之旅。

隔天，我和小栞順勢帶著最小限度的行李離家出走，抱著再也不回來的決心騎著腳踏車出發。

「要去哪裡呢？」

「嗯……哪裡都好。只要跟小曆在一起，去哪裡都可以。」

這種像漫畫一樣的對話，不知道為什麼讓我覺得很快樂、很開心。總之，白天的時間我們興致高昂，沒有多想什麼，就這樣邊玩邊走。

最開心的就是我們在大型百貨公司的家具賣場裡，一起討論住在新家的話想要什麼家具。當時的我，真的夢想著未來要和小栞兩個人一起生活。那一定是在逃避現實，因為我已經隱約察覺這場私奔的結局了。

天色漸漸變暗的時候，我開始思考那天晚上該怎麼度過。考量安全性，我找了一個離便利商店和派出所較近的公園，然後在有屋頂的地方鋪上野餐墊當作簡易居所。然而……

「晚安，我可以問個話嗎？」

向我們搭話的是警察先生。

「你們是這附近的孩子嗎？有和爸爸或媽媽一起來嗎？」

「沒有……那個，我們是兩個人一起來這裡玩。」

「這樣啊。天已經快黑了，要快點回家喔！」

「好，我知道了……小栞，我們走吧！」

「啊，嗯。」

我們把野餐墊摺起來，帶著行李騎上腳踏車離開公園。

天色漸暗之後，一男一女的國中生待在公園，就會一直有警察來問話。我們每次都說已經要回家了，然後就騎著腳踏車離開，結果現在離市中心越來越遠了。

最後我們那天選擇的住宿地點，是距離車站四公里的防空洞遺跡。這裡絕對不會有人來，有屋頂也有牆壁，算是暫時能安心的地方。雖然有點恐怖，但是我覺得和小栞一起的話就沒問題。

有問題的是其他事情。

在一片黑暗的防空洞中，我們兩個人一起坐在野餐墊上，各自披著一件薄毛巾被。防空洞裡比外面更涼爽，剛好是舒適的溫度。

雖然有帶電池式的燈籠，但是沒辦法用。因為只要開燈就會吸引昆蟲。所以我和小栞真的在一片黑暗之中，牽著手討論今後的事。

「……沒辦法再這樣下去了。」

「嗯……沒辦法。」

我們突然冷靜下來了。「我把所有的錢都帶出來了，不過要是去住網咖，馬上就會花完。但是我們也不能一直這樣過日子……還要買吃的……說實在的，過一晚都很難啊！」

「嗯……我也想洗澡、換衣服……」

這麼簡單的事情，我和小栞不至於都不懂。我們只是刻意當作不知道而已。即便是一下子也好，我們就是想逃避現實。

「明天我們要不要搭電車去更遠的地方看看？去找找看有沒有附住宿的打工之類的？」

「這樣也不錯，不過我們要不要去找找看廢棄的鐵道？如果剛好有廢棄的電車，就可以改造成我們的家了。」

「啊，這樣很好！就像漫畫一樣……」

彷彿看見希望的笑容，瞬間蒙上陰影。

「……把廢棄車輛改造成家、國中生去找附住宿的打工……就現實情況來說不可能實現對吧……」

「如果是高中生的話就好了……」

「再等兩年，等我們變成高中生的時候再逃嗎？」

「可是，那時候我們已經變成兄妹了。這樣的話……」

變成兄妹之後，我們就不能結婚了。所以要逃就只能趁現在。

不過，實際上，兩個國中生是無法私奔的。

「……媽媽要是沒有離婚就好了。」

小栞脫口而出這句話。

「媽媽要是沒有離婚，就不會和小暦的爸爸再婚，我和小暦也不會變成兄妹了啊！」

「妳這樣說的話，我家也一樣啊！爸爸要是沒離婚就好了。」

我們只能說著這些無可奈何的話，完全沒辦法正面思考。難道我們只能這樣乖乖回家，恭喜父母再婚，以兄妹的身分和樂融融生活下去嗎？

「如果我媽媽——」

本來想說些什麼的小栞，突然停了下來。

震動著耳膜的寂靜，連小栞的呼吸聲都聽不見。她屏住呼吸了嗎？怎麼突然有這種反應呢？

該不會是連這種地方都有警察吧？還是野狗？無論是哪一種，感覺都不好對付。我用力握緊小栞的手，做好隨時都能站起來的準備，一邊改變姿勢一邊低聲對她說：「小栞，妳怎麼了？」

「……有了。」

小栞更用力回握我的手。

「有了？有什麼？」

「我們能逃的地方。」

她突然說出完全出乎意料的話。

我們能逃的地方？我和小栞不必成為兄妹，而是能以男女關係在一起的地方，會在哪裡呢？

「能逃的地方……在哪裡？」

逐漸習慣黑暗的眼睛，稍早之前就捕捉到小栞的輪廓。她的臉一鼓作氣靠近，幾乎能夠感覺到她的體溫。幸好天色很暗。如果天色明亮，我應該沒辦法這麼平靜。

接著，我聽到小栞伴隨著呼吸說出這個詞彙。

「平行世界。」

「……咦？」

「就是平行世界啊！小曆之前不是去了優諾沒死的世界嗎？既然如此，一定會有我們的父母都沒離婚的世界。我們兩個人一起逃到那個世界的話，就不用當兄妹了！」

小栞這席話的意思，在我的腦中蔓延開來。

原來恍然大悟，就是這種感覺啊！

「就是這個……就是這個啊！小栞！我們怎麼一直都沒想到！」

「對吧！小曆已經成功過一次，所以我們也一定會成功的！」

兩個人一起去我爸爸沒有和小栞媽媽再婚的平行世界，我們就能在那個世界以一般男女的身分在一起。我覺得再也沒有比這個更完美的解決方法了。

「對了。這樣就得再去研究室一趟才行。那台機器現在怎麼樣了？」

「媽媽說還沒完成……不過……小曆用那台機器去平行世界，是四年前左右的事對吧？」

我現在甚至覺得那件事很令人懷念，因為那是我和小栞奇妙的邂逅。

「嗯。那時候也說還沒完成、沒通電。不過，我的確去到優諾還活著的平行世界。」

「或許只是媽媽沒發現，那台機器早就完成了……」

「對了，說不定是只有小孩子能用！漫畫裡面不是常常出現嗎？」

剛才還覺得像漫畫一樣的事情不可能實現，現在早就拋諸腦後了。

「呃……如果是這樣的話，我們還可以用嗎？」

「不是啦，我只是隨口說說，是不是真的我也不知道……不過，如果要分類大人或小孩，我們還算是小孩吧。」

「嗯……對啊！因為我們是小孩，所以才會這麼苦惱嘛！」

沒錯。我們如果是大人，事情一定不會變成這樣。我們應該就能離開父母，兩個人一起生活。

「打鐵應該要趁熱。」

小栞彷彿早就等著我無心說出的這句話，馬上抬起頭。

「……現在就去嗎？」

「現在？」

「嗯，研究所經常開到很晚。現在……才八點，一定還開著。晚上人也比較少，或許是我們潛入的好機會。」

小栞充滿幹勁地說。我不知不覺想起四年前和小栞相遇的時候。當時，小栞硬是拉著我的手。

「這樣啊……嗯，也對！好，我們走！」

接著，我和小栞快速收拾好行李，騎著腳踏車前往研究所。我們因為想到這個劃時代的方法而興奮，還來不及仔細思考就乘勢埋頭向前衝了。明明這種想法不一定能實現。

然而，這個由各種湊巧的假說搖搖晃晃重疊在一起所形成的平行世界，是我們逃跑的唯一希望。

我們要去平行世界。

去那個我和小栞能夠得到幸福的平行世界——

＊

一如小栞預料，研究所仍然亮著燈。

小栞熟悉地打開後門，在左彎右拐的建築物中毫不猶疑、步履穩健。我也自然而然就跟在她身後。研究所內的位置分布，小栞比我更熟悉。

研究所內沒什麼人。幸好，還在研究所的人應該不多。我和小栞一邊躲躲藏藏一邊大膽前進，不久就走到印象中的那扇門前。

小栞把手搭在門把上，慢慢轉動。不過，此時傳來小小的喀嚓聲，門把轉不動就這樣停住了。「……有上鎖呢。」

這是理所當然的事情。四年前潛入的時候門沒鎖，或許是在那之後開始上鎖的。糟了，這樣不就進不去了嗎？

「沒關係。」

小栞說完，從錢包裡取出一把鑰匙。

「……這該不會是……」

「這扇門的備用鑰匙。我偷偷打了一把鑰匙。」

她毫無怯色地說著並打開門鎖。小栞基本上不會做壞事，個性非常溫順，但是對自己有興趣的事情有時會出現大膽的行動，這次多虧她的大膽了。

進入屋內後馬上反鎖，因為怕被發現所以沒開燈，只用手機的燈照亮腳邊向前走。

接著，我們抵達目的地的那個盒子。

「……真是好久不見啊……」

自從四年前，用這個盒子去了平行世界之後，就再也沒踏進來過了。我沒想到竟然還會再進這個盒子一次。

「果然還是沒插電的樣子，沒問題嗎？」

「小曆四年前也是這樣成功了不是嗎？總之，我們先進去吧！」
「嗯。」
打開玻璃蓋，盒子很窄，看來應該是一個人用的大小。
「誰要先進去？」
「咦，不是要一起進去嗎？如果我們去到不同世界的話就沒有意義了啊！」
小栞非常乾脆地脫口而出，我想了一下但刻意沒說出口的話。這樣好嗎？兩個人一起待在這麼窄的盒子裡？
「可是這是一個人用的機器吧？」
「嗯……這樣的話就可以容納兩個人。」
先進入盒子裡的小栞，以左肩朝下、右肩朝上的姿勢靠左側躺下。原來如此，如此一來我也用一樣的方式在右側躺下就能容納兩個人。
可是……這樣真的好嗎？可以嗎？
「那我進來了喔！」
雖然我心裡多少有點邪念，但還是盡量靠著右側躺進盒子裡，避免碰到小栞的身體。不過，在這種狹窄的空間裡，其實沒什麼意義。我和小栞幾乎是在緊貼對方的狀態下面對面。

「……呃。」光靠照亮盒子內部的手機燈光，也知道小栞滿臉通紅。

「什、什麼啦……不是妳叫我進來的嗎？」

我推卸責任似地說，我自己應該也臉紅了吧。不過，小栞接下來說的話，讓我的臉更紅了。

「呃，嗯。可是，那個……我以為你會背對我……」

「對、對不起！我先出去好了！」

「啊！」

我慌慌張張想起身離開，小栞卻抓住我的手。

「沒關係，就這樣吧！」

「咦，可是……」

「我說沒關係。」

「……嗯。」

我照她說的躺回盒子裡，再度以緊貼的距離和小栞面對面。

這個距離完全能感受到小栞的體溫、頭髮的香味甚至呼吸，感覺還能聽到從剛才就很吵的心跳聲。

「要……要怎麼做？」我的聲音不知不覺高了八度。好丟臉。

「嗯……小曆去平行世界的時候是怎麼做的？」

「按照妳說的祈禱。祈禱可以去優諾還活著的世界。」

剛開始只是半開玩笑，但是途中就認真起來了。當然，我並不知道那是不是成功去到平行世界的真正原因。

「那我們也這樣做吧！一起祈禱可以去媽媽他們沒離婚的平行世界。」

「只有這樣沒問題嗎？當時妳不是在外面操縱了機器嗎？雖然妳說只是隨便動一動，說不定真的按到什麼重要的開關。」

「可是那時候媽媽也說沒有插電吧？既然如此，一定和外面的機器無關。」

「這樣啊……嗯，或許是這樣。」

我和小栞只相信對自己有利的推測，一心尋求能逃離現狀的地方。

「那我要把蓋子蓋起來了喔！」

「嗯。」

關上蓋子之後，更能感覺到小栞的存在。

接著，我們閉上眼睛，開始祈禱。

讓我去平行世界。

去那個我和小栞的爸媽都沒有離婚的世界。

去那個我和小栞不必成為兄妹的世界。

去那個能夠獲得二人未來的平行世界。

小栞突然把手繞到我背後，向我靠近。

雖然嚇了一跳，但我也把手繞到小栞的背後，抱緊她纖瘦的身體。

「小曆……」

小栞的聲音透著不安，我用盡全力堅定地回應她。

「沒問題的，我們一定可以去平行世界。」

「嗯，我們到那個世界再見。到時候，你一定要娶我喔！」

「嗯，我答應妳。我們在那個世界結婚吧！」

我們都用力抓緊對方的手臂——

＊

——日光燈的光線很刺眼。

明明前一刻還在一片黑暗的盒子裡，現在卻在明亮的地方。光線亮到令眼睛刺痛，我先閉上眼睛再慢慢張開，確認自己到底在哪裡……沒錯。這是我的房間。但仔細一看，發現書架上有一些我不記得買過的漫畫，看樣子我應該是移動到某個平行世界了。

首先我是成功了。接下來，應該確認這個世界的爸爸有沒有離婚。

這個房間是我的房間，而這裡是原本和爸爸媽媽三個人一起生活時的家。爸媽離婚之後，我和爸爸兩個人生活，如果媽媽在家裡，應該就表示這個世界他們沒有離婚。

看時鐘發現現在是晚上九點多。媽媽如果在家，應該還醒著。

我深呼吸兩三次，悄悄打開房間的門。

客廳傳來微微的電視聲。爸爸回家了嗎？還是……

不知道為什麼，我躡手躡腳地悄悄靠近客廳，將手搭在門把上。

慢慢轉動把手以免發出聲音，一點一點地打開門。

此時，坐在沙發上休息看著電視的人是……

「媽媽！」

「嚇我一跳！你怎麼都不出聲！別嚇我啊！」

像是彈起來一樣轉頭看我的人……沒錯……

那是本來在我的世界不會出現的媽媽。

「媽媽，那個……妳怎麼會在這裡？」

「咦？為什麼？我不能看電視嗎？」

「啊，不是，不是啦。可以看啊……那個，爸爸呢？」

「爸爸還在研究所啊，今天應該也會晚歸吧？」

理所當然的對話。理所當然在眼前的媽媽。

絕對沒錯，這個世界，一定是……

「那個，媽媽。我可以問一個奇怪的問題嗎？」

「奇怪的問題？什麼？」

「呃……妳沒有和爸爸離婚吧？」

哎呀，我真的很笨，應該有更好的問法才對。媽媽目瞪口呆，張著嘴一副不知道我在說什麼的樣子。這是理所當然的事，如果他們沒離婚，那這個問題的確是不明就裡。

不過，媽媽不知道為什麼，表情突然變得很溫柔。

「上次很抱歉。不過已經沒事了，媽媽和爸爸不會離婚的。」

太好了，太好了！這個世界的爸爸和媽媽沒有離婚！聽媽媽的說法，應該是曾經考慮過離婚，不過，這個世界的某個環節進展順利，所以最後他們沒有離婚！

沒離婚就代表爸爸沒有再婚。如此一來，我和小栞也——

「……對了，小栞。」

我想起來了，小栞是不是也順利來到這個世界了呢？

我確認過手機，但是裡面沒有小栞的電話。難道在這個世界，我和小栞並不認識？不過，那也到今天為止了。小栞如果和我一起來到這個世界，我和小栞就……呃……也不能馬上結婚。

哎呀，該怎麼辦才好？現在就想見到小栞。小栞現在在哪裡呢？糟了，應該先決定好，順利抵達平行世界要在哪裡會合才對。雖然我本來就隱約覺得應該會去一樣的地方，不過，話說回來移動到平行世界，就等於是和那個世界的自己交換。

如果是這樣的話，只要去我們剛才一起待著的研究所就好了吧？小栞可能會和我有一樣的想法，也去研究所。就算她沒去，我也能拜託爸爸透過所長連絡小栞。

好，那就去研究所吧！就說我去接爸爸。

「小曆，怎麼了？」

被我晾在一邊的媽媽，一臉擔心地看著我。對了，我的行為對媽媽來說或許很莫名其妙。不過，媽媽對不起，我現在顧不了這麼多了。

「那個，媽媽，我去接爸爸下班！」

「咦？等等，小曆你到底怎麼了？」

我丟下疑惑的媽媽走向玄關。真的很對不起，我現在只想趕快見到小栞。回來之後一定會好好解釋的。

從鞋櫃裡抓出應該屬於我的鞋子並且穿上。尺寸剛好、磨損的地方也和我一樣。這裡的確有另一個我。但是，從今天開始，這裡就是我的世界了。

然後，我會推開通往我和小栞美好未來的大門——

＊

——我置身於一片黑暗之中。

「……咦？」

突然置身於黑暗中，眼睛就像貼上黑色薄膜一樣令人有壓迫感。當然，那只是錯覺，隨時間經過眼睛逐漸適應黑暗，我也開始能掌握現況了。我在狹窄的空間中橫躺，手臂裡懷抱著某種柔軟的東西，可以感覺到溫暖的體溫還有剛才聞到的髮香。

是小栞。不知道從什麼時候開始，我在黑暗中抱著小栞。

該不會是我回到原本的世界了？

為什麼？為什麼會這樣？好不容易才成功的！

小栞也回來了嗎？應該是說，小栞有成功跳躍到平行世界嗎？

「小栞，妳知道現在是什麼情況嗎？」

我對臂彎裡的小栞問話，但是她沒有回答。

「小栞？妳怎麼了？」

我再喊她，仍然沒有回應。我只能感受到懷裡的體溫和重量。是睡著了嗎？還是去了平行世界呢？不對，如果是這樣，平行世界的小栞應該會在這裡才對。

「喂，小栞，起來了。小栞？」

我用左手捏了捏小栞的臉頰。還是沒反應。

此時，我發現一件事。

在這種狹窄的空間裡緊貼在一起，可以透過許多元素感受到小栞的存在。溫暖的體溫、甜甜的香味，還有——氣息。

「……小栞？」

明明我們的距離近到嘴唇都要貼在一起了。

卻感覺不到小栞的呼吸。

「小栞！小栞！」

我把手靠在小栞的嘴邊，集中精神感受手掌上的動靜。但是，仍然無法感受到小栞的呼吸。她停止呼吸了嗎？為什麼？

「小栞！可惡，這裡太擠了……」

我想打開蓋子，但是無論怎麼推都打不開。竟然忘了，這個蓋子從裡面是打不開的。怎麼辦？要大聲呼救嗎？如此一來，偷偷溜進這裡的事情就會被發現……不對，現在不是在意這種事情的時候！

「有人嗎？有人在嗎？請救救我們！」

我竭盡全力大喊，同時也拚命敲著蓋子。研究所裡應該有人才對，希望有人能發現我們。

喊了一陣子之後，房間裡的燈突然亮了。一定是有人聽到聲音過來了！我繼續大喊。

「我們在這裡！快打開！」

「小曆?!你在幹什麼！」

不知道是幸還是不幸，蓋外出現的是爸爸的臉。

「啊，我們家的孩子也在。哎呀，你們兩個真的是……」

所長也在旁邊，如果可以的話，實在不想被他們知道，但是現在不是說這種話的時候。
他們打開蓋子之後，我急忙從裡頭出來。
「我不是說過不要隨便進去這個機器裡嗎？」
「小栞她……小栞她沒有呼吸了！」
我打斷所長的話，大聲說了這句話。
聽到我的話之後，所長和爸爸對看一眼，什麼都沒問就把小栞從盒子裡抱出來。正常來說，他們應該會打破砂鍋問到底，但是他們應該也從小栞的樣子察覺出異狀，知道現在不是追問的時候。
幾秒鐘的時間內，本來在觀察小栞狀況的所長，已經用自己的手機聯絡某處。
「是我，這裡有個情況特殊的病人，麻煩馬上派一輛車到研究所。」
簡短說完這些話之後，所長開始幫小栞人工呼吸。爸爸配合節奏，開始心外按摩。
我完全無法理解到底發生什麼事。我不明白爸爸和所長正在盡全力把小栞留在這個世界，只是呆呆地看著眼前的一切。

＊

趕到研究所的車把小栞送至最近的大學醫院，所長、我、爸爸也都陪在她身邊。當然，在醫生幫小栞檢查的時候，爸爸和所長也開始要我交代詳細的始末。

「小曆，發生什麼事了？快說清楚。」

爸爸沒有露出生氣的表情，非常冷靜地問我。所長和平常一樣，臉上的表情沒有改變。

「……我們想逃到平行世界。」

「想逃？為什麼？」

「因為爸爸和所長要再婚。」

誠實交代真相之後，爸爸和所長面對面睜大眼睛。

「難道你反對我再婚嗎？你不是說不排斥所長當你的新媽媽嗎？」

「我是不排斥啊。我不是排斥所長……而是排斥小栞變成我妹妹。」

「怎麼了？我以為你和小栞感情很好。」

「所以啊！」

爸爸和所長似乎都不明白我想說什麼。這下我必須坦白說出很難說出口的話了。

「變成兄妹的話，我和小栞就不能結婚了吧？」

說到這裡，爸爸好像終於懂了。

「你們果然互相喜歡啊！我本來想確認這件事所以才問你，但是你否認，所以我以為……」

這是指我揍了爸爸的時候吧。如果那時候我老實承認，事情會不會有所不同呢？

「……日高，是我們不好。他們說不是，我們就當真了。完全沒有察覺孩子們的心意……果然是我們不好。」

所長連說了兩次一樣的話，虛弱地搖搖頭。不知道為什麼，我感覺自己好像做錯事了。

「不過，小曆，有件事情你搞錯了。就算成為兄妹，你們還是能結婚。」

「……咦？」

「就算父母再婚，孩子只要沒有血緣關係就能結婚。當然，你和小栞沒有血緣關係。所以不需要因為我和所長再婚而逃走啊！」

……什麼啊……

我不知道這種事。還一直以為兄妹絕對不能結婚。如果我一開始就知道，事情也不會變成這樣了。

「那……我們做的這些事情……」

「……你不知道也是無可奈何的事。沒發現你們的心情，我們也有責任……所以，小曆你得把事情全部都說出來。到底發生什麼事？」

我已經不想隱瞞了。因為我深切地感受到，光靠小孩的判斷根本無法成事。所以決定要誠實坦白一切，以尋求大人的幫助。

「……只要爸爸你們不再婚，我和小栞就不會變成兄妹。如果爸爸你們一開始沒離婚，後來也不會再婚，所以我們想去那樣的平行世界。所以我們兩個人一起躺進那個盒子，去了平行世界。」

爸爸和所長再度互看。這次兩個人都眉頭深鎖。

「去了？怎麼去？那個機器根本就還沒完成，也沒插電啊！」

「那個我不知道。但是我和小栞祈禱可以去爸爸你們還沒離婚的世界，而且我真的成功了。」

「祈禱就成功了？去到平行世界了嗎？」

「嗯，我之前也有一次像這樣跳躍到平行世界過。」

「……幾年前，小栞躺進盒子裡的時候嗎？」

「正確來說應該是在更早一點的時候……總之，我們做了和當時一樣的事，而且至少我又成功了。移動到爸爸和媽媽沒離婚的平行世界時，我心想小栞應該也在同一個世界的某處所以急著去找她……結果突然就回到原本的世界了。接著看到身邊的小栞時……發現她沒有呼吸……」

「那你知道小栞為什麼會變成這樣嗎？」

「不知道……我真的不知道……」

我坦承一切，把我知道的事情都說了。

我知道自己在平行世界做了什麼，也知道自己身上發生什麼事。但是小栞在平行世界做了什麼、發生什麼事，我完全不清楚。

爸爸和所長都沒有生我的氣，但我反而覺得很痛苦。我希望他們生氣、揍我，然後告訴我該怎麼辦。隔天小栞轉到福岡的九州大學醫院，所長在那裡似乎比較有門路。所長把研究所交給爸爸之後就去福岡了，據說是要陪在小栞身邊，觀察她的狀況。我雖然也想跟去，但是被拒絕了，說是一定會告訴我狀況，要我現在先在家裡老實待著。當然，我也沒辦法反抗。

所長遵守諾言，馬上就告訴我狀況。

當天夜裡，我透過爸爸得知……

小栞現在是腦死狀態。

當時的我，對腦死這個狀態並沒有正確的認知。但是，聽到大腦死亡這個單字，就能感覺到絕望。

我聽說陷入腦死狀態的人，基本上再也不會醒來。

那天，我的世界頓時失色。

小栞這抹鮮豔的色彩，突然就這樣消失在我的世界裡了。

＊

在那之後，我就像行屍走肉一樣度過每一天。

什麼都不想思考，也不知道該思考什麼。但是，一個人在家裡發呆也很痛苦，所以我只好在外面到處亂晃。雖然沒有什麼特定的目的地，但是我沒辦法靜靜待著。

不知不覺往車站方向走，我的腳步自然而然朝向本來在暑假時想和小栞一起去，但還沒去到的景點。

前進的途中，碰到一個大型的十字路口。

從車站往北延伸的中央大道，再走十分鐘左右的地方與東西向的昭和路交錯。昭和路的十字路口是這個城裡最大的十字路口，西南方的角落旁有一小片綠地，那裡有一座名為「穿緊身衣的女人」的銅像。

我站在斑馬線前，等待號誌變成綠燈。

心裡突然這麼想……

或許不等綠燈也無所謂。

趁紅燈的時候，走向開過來的車不就好了？

如此一來，就能和小栞相會了吧？

小栞的心臟好像還在跳動，正確來說，應該是靠醫學的力量跳動。所以還不能斷言她已經死了。

不過，大家都說她幾乎不可能醒過來了。
既然如此，那不就跟死沒兩樣嗎？也就是說，小栞已經不在這個世界上了。
而且，她會變成這樣，我也有責任——
我試著在紅燈時往斑馬線踏出一步。
不行。就算事情變成這樣，我還是連死的勇氣都沒有。
過一段時間之後，眼前已經沒有車經過了。昭和路那一側的紅燈亮了。
就算一邊亮紅燈，另一邊也不會馬上變綠燈。為了防止交通事故，十字路口一定會有號誌全部變成紅燈的時候。
就在十字路口應該空無一人的短暫時間裡……
本應空無一人的斑馬線上，感覺空間好像變得模糊。
不對，這不是我的錯覺。空無一人的斑馬線上，好像——有人。
接著，我確實看見了。
宛如浮現在空氣中的，是一名穿著白色的洋裝，留著一頭又長又直的漂亮黑髮，和我同年齡的少女。
那是我最熟悉的女孩。

「……小栞……？」

我一喊，半透明的少女便抬起頭。「小曆。」

宛如直接在腦內響起的，我最熟悉的聲音。

「對不起……我變成幽靈了……」

她這樣說。

中場休息

我站在十字路口。

原本已經適應黑暗的雙眼，突然面對城鎮的燈光，覺得好刺眼。

明明寂靜得連彼此的呼吸聲都能聽到，卻突然傳來汽車的引擎聲和腳步聲，震得耳膜也覺得痛。

不禁讓人縮起身子、遮住耳朵，停了數秒鐘，才慢慢抬起頭來。

我站在十字路口。

這是很大的十字路口，也是我很熟悉的地方。這裡是這個城鎮最大的昭和路十字路口。

我為什麼會在這裡呢？我不是在別的地方，做某件事嗎？在一個很暗、很窄的地方……

因為沒辦法理解現狀，所以再度環顧周遭。

看著斑馬線，剛好有二、三個人跑著過完馬路。

再往前看，有兩個人停下腳步面向這裡。並排站在一起的兩人之中，有一個是我媽媽。

而另一個人是……

「爸爸！」

我不禁大喊出聲。

自從大吵一架離婚之後，再也沒見過面的爸爸和媽媽融洽地站在一起，回頭往我這裡看。在我的世界，根本不可能會有這種事。

所以，我想起來了。

我原本想移動到不可能發生這種事的平行世界。

成功了。

真的移動到父母沒離婚的世界了！

我們隔著斑馬線對望。為什麼會離這麼遠呢？不是一家人走在一起嗎？

啊，對了，移動到平行世界的時候，因為世界突然切換嚇了一跳，所以愣了一下。原本和我走在一起的媽媽沒發現，就這樣過了斑馬線，現在發現我沒跟上所以回頭看我。

媽媽好像很擔心似地看著我，旁邊的爸爸也露出一樣的表情，我好高興。爸爸媽媽在這個世界真的沒有離婚。

也就是說，我和小曆能在這個世界結婚了。

我太開心，在斑馬線上跑了起來，一心想盡快追上他們。

媽媽和爸爸卻表情大變，對著我搖手。

我的耳朵現在無法順利接收聲音，大腦還無法順利處理掌握到的聲音。

我的眼睛還無法適應城鎮的光線，父母站在一起的樣子，讓我頭暈目眩。

待我發現斑馬線的紅燈和震耳欲聾的喇叭聲時，已經太遲了。

一輛汽車疾駛而來。

大概不到一秒鐘的時間，我終於意會到汽車就要迎面撞上，就在那短短一瞬間，我思考接下來自己會有什麼下場。

這樣下去一定會被撞！會死嗎？要趕快逃走才行！但已經來不及了！怎麼辦？我該怎麼辦？

此時，我腦海裡浮現小曆的臉。

對了！

平行世界！只要逃到平行世界就行了！在被撞之前，逃到平行世界就沒事了！

拜託，跳吧！跳吧——

*

——當我醒來時……

我站在十字路口。

本來安心於自己得救，但那也只不過是一瞬間而已，又有一輛車朝我疾駛而來。

啊，這次真的完蛋了。

我當場蹲下抱著頭，用力閉上眼睛。

不過，等了很久都沒有被撞。只有汽車的聲音不斷從我所在的地方呼嘯而過，到底發生什麼事了？

我戰戰兢兢地睜開眼睛。

結果，馬上又看到汽車的保險桿。雖然我再度蹲下閉上眼睛，但仍然沒有被撞。

就這樣閉著眼睛一段時間之後，汽車的聲音安靜下來，街道響起熟悉的旋律。那是斑馬線轉綠燈時會響起的音樂。

這次換人群紛紛走過，我站起來慢慢睜開雙眼。

人們走在轉成綠燈的斑馬線上。汽車因為紅燈而停下，而我的身體一點也不覺得痛。

我無法理解現況，難道是這些汽車都順利避開我了嗎？怎麼可能？

正當我在思考這些事情的時候，有一群人迎面走來。我下意識想避開，所以打算邁開步伐。

然而，雙腳卻沒有腳踏實地的感覺。

當我察覺不對勁的下一秒，迎面走來的其中一人就快要撞上來了。

接著，對方穿過我的身體，就像什麼事都沒發生一樣繼續走路。

「……咦？」

不斷有人撞上呆若木雞的我——不，正確來說，沒有人撞到我。

每個過斑馬線的人都和我重疊、穿過我走到對面。

就像我不在這裡一樣。

我害怕地看著自己的手。

「咦……」

我的手——不對，不只手。

手、腳、身體……

我的身體幾乎呈現透明狀態，人、聲音、光線都能穿透。

就這樣，我成了十字路口上的幽靈。

「虛質元素核分裂症。」

所長讀出白板上的文字，同時一拳敲在白板上。

「我暫且先這樣稱呼女兒目前的狀態。」

我集中精神聽，以免錯過所長說的話。這天，我照爸爸的吩咐前往研究所，所長從福岡回來，我們三個人從早上就關在會議室裡。

小栞陷入腦死狀態後，已經過了一個月。

所長往返於研究所與大學醫院之間，有時爸爸也會同行。我也常常被叫到這兩個地方，以經歷過兩次遠距離跳躍的樣品身分，接受許多檢查。但是，他們仍然不允許我見小栞。

目前都是透過爸爸，告知小栞的狀況。然而，爸爸說的話始終如一：沒有變化。一直都這樣。無法接受的我，在網路上查詢有關腦死狀態的知識。查詢之後，我反而更絕望。

腦死和大腦還活著、可以自發性呼吸、有可能恢復的植物人狀態不同。所謂的腦死就是大腦已經完全死亡，無法自主呼吸，恢復的可能性幾乎為零，而且大多數的狀態下，患者會在一週內死亡。

難道，小栞早就死了？

所長和爸爸只是瞞著我而已？

現在的我，沒來由地就會突然想大喊，有時還會真的喊出聲，變得沒有食慾、具有攻擊性，心情十分沮喪，甚至浮現想追隨小栞自殺的念頭。後來連自殺都嫌麻煩，希望自己可以就這樣斷氣。

因為我這個樣子，暑假結束後我仍沒有回學校上課。每天都在家裡、研究所、大學醫院之間往返。所幸，大家都對我很好，可能是因為這樣我才能保持清醒吧！我就這樣過著半廢人的生活。前幾天所長說有重要的事要說，叫我去研究所一趟。

現在，對我來說重要的事就只有小栞了。

所以我拚命抓住僅存的理性，像現在這樣聆聽所長的話。

「首先我要先說，小栞的心臟還在跳動。現在裝了人工呼吸器，防止心跳停止。」

所長一改平常有點古怪但親切的說話方式，表現得像男老師一樣冷靜。她認真說話的時候就會變成這樣。

「小栞，還活著嗎？」

「這個問題很難回答。脊髓還有功能，所以有脊髓反射反應，也有分泌體液、體溫變化等生理現象。只是大腦機能完全死亡，已經喪失主觀意識控制的隨意運動、五感、思考與智能、記憶與情感。而且，一旦經歷過腦死，大腦的機能基本上就不會再度復甦。這種狀態是生是死，只能靠個人的生死觀來判斷了。」

也就是說，現在是身體活著，但心靈已經死亡的意思嗎？

「可是……我聽說腦死的人幾乎會在一週內停止心跳。」

「你去查過了嗎？的確幾乎都是這樣。但是也有很多案例，維持生命活動超過一週。某篇論文指出，過去三十年的文獻中，有三位數的長期生存案例，其中有七例生存半年以上。也有裝上人工呼吸器後離院的案例，其中最久的案例生存長達十四年半。似乎在論文撰寫期間都還活著。」

「那小栞目前也算是沒問題吧？」

「我指名的可靠人手正在用最尖端的設備維持她的生命，不會輕易讓她死的。」

所長這句話讓我暫且放下心中大石，但仍然無法安心。

「言歸正傳吧！像小栞現在這樣大腦功能已經完全死亡的狀態，一般稱為全腦死，但我另外為她現在的狀態命名。」

「這就是虛質元素核分裂症？」

「沒錯，一般都是因為交通事故或疾病讓大腦受到不可恢復的損傷，才會陷入腦死狀態。但這次經過精密的檢查，小栞的大腦沒有發現任何損傷，只是功能完全停擺而已。」

大腦沒有損傷，我能夠理解。畢竟這個世界的小栞沒有遇到交通事故，只是躺在機器裡而已。

「那麼，為什麼小栞的大腦功能會停止？我認為有可能是平行跳躍——移動到平行世界造成的影響。」

終於講到重點了。這件事一定，不對，應該是說我絕對也有責任。「你過去曾經用愛茵茲瓦的搖籃平行跳躍。其中一次，就是上個月和小栞一起移動的時候。」

「愛茵茲瓦……？」

「不必在意。那是我喜歡的舊時代小說裡的詞彙。」

說到這個，我以前曾經聽爸爸說過，所長喜歡以前的漫畫、動畫、遊戲和小說。虛質科學和平行世界的想法，也受到這些作品很大的影響。

「就我的認知來說，那台裝置尚未完成。你跳躍到平行世界時，兩次都沒有接上電源。為什麼你還是成功了呢？」

這樣問我，我也不知道。我用沉默催促所長繼續說下去。

「平行跳躍基本上是自然發生的現象。如果是跳躍到鄰近的世界，經常會在還沒發現的時候就回到原本的世界。此時，兩個世界之間產生的微妙差異，就是導致誤會與記錯事情的原因。」

這些知識我也知道，而且一般社會大眾也很熟悉。

「然而，世界與世界之間相隔越遠，就越難在自然的狀態下跳躍。你第一次長距離跳躍時，去到爺爺過世的世界，第二次是去到日高和高崎沒離婚的世界。兩者應該都是距離較遠的世界，但你卻成功了，而且還是去到自己想去的世界，隨心所欲跳躍到平行世界也是我的目標之一，不過……」

所長這麼說，讓我覺得自己像是未知生物。這一個月來，我接受了各種不明就裡的檢查，應該就是為了調查這件事吧？

「雖然這只是一種假說，不過我認為應該是有些人比較容易引起平行跳躍。」

所以，我就是這種人嗎？

「小曆知道為什麼會發生平行跳躍的現象嗎？」

「不……我不知道。」

「這樣啊，日高，你要教的話就應該要連這個也一起教啊！」

所長把矛頭轉向一直默默聽著對話的爸爸。

「我本來也想說差不多該教他了，但是後來他就不怎麼來研究所……不，即便是這樣也是我不好。」

也就是說，所長和爸爸其實已經察覺我和小栞的關係了吧。

「嗯……這我也有責任。日高，這樣不行啊。看來是我們讀書讀過頭，導致不懂得了解人心了。」

「好像是……小曆，對不起。」跟我道歉也只是讓我覺得困擾而已。畢竟小栞會變成這樣的直接原因，就是我啊！

「為了淺顯易懂地說明虛質科學的概念，我構思出『愛茵茲瓦之海與氣泡』理論。我想你應該知道，這就是把虛質空間比喻成大海的意思。將虛質空間想成是一片大海，海底生成的一顆氣泡為原始世界，垂直方向為時間軸。氣泡越來越大，一邊分裂一邊浮到愛茵茲瓦的海面上變成氣泡，就是我們所居住的、無限的平行世界。」

這些都是爸爸一開始教我的虛質科學概念，所以這個部分我很快就了解了。

「雖然是後設觀點，但氣泡有宏觀和微觀兩種。簡單來說，宏觀的氣泡就是每個不同的世界，而微觀的氣泡就是指生存在其中的我們。這些氣泡原本都是由同一顆氣泡分裂而成的雙胞胎，所以氣泡之間會產生宛如分子間作用力的反應，再加上宏觀氣泡的行動所形成的慣性力，有時會讓微觀氣泡飛出去。飛出去的氣泡會趁勢和鄰近的雙胞胎氣泡交換，如果是近距離，很快就會復原，但是如果因為某些原因和遙遠的氣泡互換，就會需要更多時間才能回到原本的世界。」

簡而言之，用大海和氣泡來比喻平行跳躍。

「雖然這完全也是一種假說……但我認為，應該有雙胞胎氣泡之間連結緊密，導致微觀氣泡容易脫離宏觀氣泡的狀況。不知道是不是虛質密度高的關係，總之，應該是擁有強烈變化意識的氣泡。當這顆氣泡強烈想要移動到平行世界時，虛質就會給予回應，進而引起平行跳躍的現象。」

「……所以，那顆氣泡就是我？」

「只是假說而已。」

如果這個假說正確，或許只要我幫忙，那個盒子——愛茵茲瓦的搖籃就能完成？

「那個，我有一個問題。」

「什麼？」

「虛質可以組成物質對吧？」

「嗯。」

「反過來說，所有的物質都是由虛質組成。」

「沒錯。」

「也就是說，譬如鉛筆、筆記本、石頭……這些東西也能平行跳躍嗎？」

「嗯。沒錯。只是這些東西就算移動也對世界沒有任何影響。只是虛質移動，物質並不會改變。簡單來說，以人類為例，交換的只有意識，身體並不會改變。而且，物品沒有意識，所以等於沒有任何改變。正確來說，產生影響的可能性非常低，就算有影響也非常輕微。」

「原來如此……」

也就是說，現在我坐的椅子，很可能瞬間和平行世界的椅子交換嗎？的確，就算交換也不會有什麼改變。

「你都了解了嗎？那我就進入正題。」

咚地一聲，所長再度敲響白板。對了，剛剛說的都只是進入正題前的引言而已。

「如果這顆微觀氣泡在移動到宏觀氣泡的途中破掉，會怎麼樣？」

宏觀氣泡就是平行世界。人類這顆氣泡在移動到平行世界途中破掉的話……

「……會死嗎？」

「不對。構成破裂氣泡的虛質會和物質形成解離狀態。」

這次不需要比喻了。因為實際案例就在我身邊，所以不需要比喻。剛才說的話，就是為了淺顯易懂地說明這個實際案例，而描繪如此壯闊的比喻。「這就是虛質元素核分裂症？」

「沒錯，綜合小栞和你的檢查結果、你說過的話以及小栞的幽靈在十字路口告訴你的狀況，我得出這樣的結論。」

我在十字路口遇到小栞的幽靈，而且從小栞那裡聽到的狀況，我都已經和他們說過了。小栞在平行世界差點被車撞的時候，打算逃到其他平行世界，結果下一個瞬間就變成幽靈了。

「和你一起進入搖籃的小栞，應該是被你的虛質影響，所以一起平行跳躍了。然而，她在發生交通事故的瞬間，打算逃到沒有遇到事故的世界。」

她一定是覺得自己能躲過一劫，畢竟她真的逃回來了。

「結果，小栞的虛質衝出宏觀氣泡潛入愛茵茲瓦之海時，微觀氣泡破裂了。平行世界的小栞，應該是當場死亡。平行跳躍原則上是要和平行世界的自己交換，當對方無法回到原本的世界時，小栞也一樣回不來。因此，小栞的虛質就這樣留在愛茵茲瓦之海裡，成為失去物質的十字路口幽靈。」

我並沒有完全了解所長說的話。

但我知道，我一定有責任。「有方法能救她嗎？」

「……如果我的想法都正確，只要觀測小栞飄蕩在愛茵茲瓦之海裡的虛質，然後想辦法控制，將虛質固定在原本的物質上即可。只是，目前還無法實際觀測虛質。接下來，虛質科學應該會繼續進步，但是實際上小栞的身體很難撐到那時候……」

束手無策。除非神仙降臨，否則根本救不了她。為什麼會變成這樣？我和小栞明明只是想獲得幸福而已。

「這不是你的責任……」

所長突然用平常的口吻說話。可能是我的表情太過絕望了，本來站在所長的立場，應該要責備我才對。女兒是因為我才陷入腦死狀態，變成幽靈的。她大可罵我，甚至打我。

「……為什麼妳可以這麼冷靜？」

然而，我反而因為所長安慰我而勃然大怒。

「妳女兒變成這樣，為什麼還能如此冷靜？只會說這些複雜的話，最後還不是救不了她？既然如此，為什麼不乾脆怪罪我！妳明明就是媽媽，難道一點也不難過嗎？」

我知道我說了很過分的話，但是我停不下來。對小栞的愛、無法幫助小栞的難堪，甚至對自己的沒出息感到憤怒，對大人的冷靜感到煩躁……還有對小栞現在一個人孤零零站在十字路口感到焦慮。這事情都混雜在一起，融合成黏稠的情感，若不全部吐出來，感覺自己會發瘋。

「你們要是沒有離婚就好了。這樣我和小栞就能正常地在一起了啊！」

無視於自己的無知和愚蠢，一味責怪大人。爸爸和所長都對離婚這件事無話可說似地保持沉默。冷靜想想就知道，或許是因為他們離婚我才會和小栞相遇，但我根本無暇顧及這一點。

「……的確，像我們這樣的人，或許根本就不應該結婚。」

所長低聲說。爸爸稍微皺了一下眉頭。「不過，小曆，只有這件事我得說清楚。」

接著，所長像剛才一樣，以冷冷的眼神盯著我。

「我怎麼可能不難過，你這個笨蛋。」

她表情完全沒變，但從眼裡流出一行淚。

那眼淚讓我頓時冷靜下來。

我真是個不懂事的孩子。她會難過是理所當然的，怎麼可能不難過。

面對因為我而痛失愛女的母親，我到底有什麼臉能罵她？

我做了不可饒恕的事情。但是，我不知道該怎麼負起責任，我該怎麼辦。現在，我只能做一件事。

「……對不起。」

我只能說這句話，然後低頭道歉。

「沒關係。我也不應該罵你笨蛋，對不起。如我剛才所說，這件事不只你有責任。說到責任，小曆的責任反而是最小的，應該是小栞自己的責任最大吧？」

所長用白色的衣袖隨手擦去眼淚，以平常的表情對我說這些話。儘管如此，我也不可能因為她寬恕我的罪責，就能回到日常生活。

我能為小栞做的事情，只有……

「所長，小栞有搖籃實驗室的鑰匙。」

「我知道。應該是小栞打了鑰匙，才能潛入實驗室吧！既然如此，你的責任就更小了。」

「請給我那把鑰匙。」

所長瞇起眼，目光變得銳利。「你要做什麼？」

「讓我可以隨時使用搖籃。我想到平行世界去找可以幫助小栞的方法。如果是我的話，就能隨心所欲平行跳躍吧？」

對了。就算搖籃尚未完成，但我能跳躍到平行世界啊！既然如此，我就跳到各個平行世界，找到小栞得救的世界再調查方法，然後把方法帶回這個世界就可以了。

「或許真的能成功，但我覺得不要這麼做比較好。畢竟還不知道有什麼危險，而且你也有可能會像小栞一樣，罹患虛質元素核分裂症。」

「我無所謂，我想為小栞做點什麼。」

「怎麼可能無所謂，我剛剛才說過，父母不可能不難過。你不也道過歉了嗎？如果你變成那樣，日高他……你爸爸他會傷心的。」

她這樣一說，我望向爸爸。

爸爸一直沉默。就連我對所長和爸爸口吐惡言時也一直沉默。

其實，我不知道爸爸到底在想什麼，但畢竟我們已經一起生活了這麼久。

再加上，我和爸爸之間有默契……

我盯著爸爸的眼睛，傳達我的心情、想法。爸爸也直直回望我。

接著，我們沒有說話只是互相點了點頭。

「所長，能不能把研究室的備份鑰匙給小曆？」

「……日高，你在說什麼？」

「沒辦法啊。既然一個男人說，想為喜歡的女人做點什麼……」

接著，爸爸做出不像他平常會做的事——對我豎起大拇指。我很高興，也對他豎起大拇指，沒錯，因為我和爸爸都是男人，所以我知道他一定會了解我的心情。

「這未免也太狡猾了吧。男人嗎？你這樣一說，我也沒辦法……」

看到我和爸爸的舉動，所長一副拿我們沒轍的樣子嘆了一口氣。

然後，她苦笑了一下。

「知道了，就這樣做吧。」

「非常感謝！」

「但我有條件。使用搖籃的時候一定要向我或爸爸報備，而且必須在我們陪同的狀態下，監控、記錄所有的過程。」

「好！……咦？那這樣我有備用鑰匙也沒意義啊？」

「好了，你就先拿著吧。給你。」

「咦？」

所長從口袋裡拿出某個東西遞給我。我一看，發現那就是鑰匙。

「這就是那個備用鑰匙？妳為什麼會帶在身上呢？」

「整理小栞的東西時發現的。畢竟現在這項設備還在保密階段，本來打算放在家裡當備用鑰匙……你就幫她保管吧！」

「……好。」

仔細想想，我們第一次相遇的時候，想去平行世界的人本來就是小栞。她想去父母沒有離婚的平行世界，但是覺得自己用搖籃很可怕，所以就把我當成實驗品。如此想來，那還真是一場荒謬的相遇。

一邊回想小栞的臉龐和聲音，我握緊手中的鑰匙。

我相信，這把鑰匙一定能打開我和小栞的幸福大門。

*

隔天，我就開始白天上學、晚上到研究所做實驗的生活。

我之所以會去學校，是因為我了解無知有時候是破壞一切的犯罪，而且也下定決心認真走上虛質科學的學習之路。這麼做一定會成為幫助小栞的力量。託以前就經常出入研究所的福，我似乎已經知道學習的訣竅，所以成績越來越好。中學二年級的冬天，我在所長和爸爸的監視下，第一次執行移動實驗。

我進入接上電源的搖籃，祈禱能夠跳躍到平行世界。先從近距離的世界開始，所以我祈禱移動到隔壁的世界。

數秒後，睜開眼睛，我仍然躺在搖籃裡。隔著玻璃蓋，爸爸和所長都往我這裡看。

我請他們打開蓋子，坐起身來。

「成功了嗎？」

所長這樣問，但我無法回答。因為一切都和幾秒鐘之前一樣。相鄰的世界，只有早餐吃的食物不一樣而已。仔細想想，我要怎麼樣才能確認自己有沒有移動到平行世界？

所長再度認識到這個問題的重要性，決定盡快開發測定自己在哪個平行世界的ＩＰ測定裝置。

不過，就算移動成功，對我來說也沒有什麼意義。

因為差異不大，所以這個世界的小栞仍然是幽靈。移動到距離太近的世界沒有意義。了解這件事，就是第一場實驗的唯一成果。

＊

剛開始，實驗的頻率是每隔二、三個月移動一次。因為所長與爸爸並不允許我移動太多次。比起平行跳躍，重點還是以測定各種數值以及接受不明就裡的測試為主。據說可以對虛質科學有所貢獻，所以我也沒有理由拒絕，第二次移動實驗的三個月後，這次嘗試跳躍到第五個世界。

然而，還是幾乎沒有任何變化，雖然因為衣服穿著不同，讓我知道已經移動到平行世界，但小栞在那裡仍然是幽靈。

我仍然試著和那個世界的小栞搭話。

一到十字路口，就看見和原本世界一樣滿臉笑容的小栞站在那裡。

「啊，小曆……你好。」

這個小栞，和我認識的小栞是同一個人嗎？

「小栞，我其實是從平行世界過來的。」

「咦……是這樣啊？」

「妳覺得我和這個世界的我，有什麼不一樣嗎？」

「呃……不知道耶。我覺得看起來一樣……」

她很明確地這樣說，讓我備受打擊。雖然是平行世界的自己，但畢竟是別人，我希望我是唯一的我。

但我也沒資格說別人。

因為我也分不出原本世界和平行世界的小栞有什麼不同。

我抱著內疚的心情回到原本的世界，然後去見了小栞。

「小栞，我來了。」

「啊……小曆。謝謝你來，我好高興。」

幾近透明的小栞，在斑馬線上露出虛幻的微笑。

小栞站在距離兩、三步就能走過斑馬線的位置。我總是站在步道邊緣和小栞說話。小栞就是在這個位置遭遇交通事故。只要再多一點，只要再走兩、三步的時間，應該就能得救才對。

「昨天，我久違地平行跳躍了喔！」

「這樣啊，怎麼樣了？」

「對不起，還是沒找到能救妳的辦法。不過，我一定會找到的。我會找到救妳的方法。」

「嗯，謝謝你。」

像這樣聊天的時候，我會覺得小栞就像平常一樣站在那裡。只是當號誌改變，汽車開始行駛，就會穿過小栞的身體。

等到號誌再度改變，過馬路的人都已經不在，我才再度向小栞搭話。

「小栞有發生什麼變化嗎？」

「呃……從昨天開始，穿緊身衣的女人銅像附近一直有兩隻鴿子一起飛來，牠們會不會是情侶啊？」

像這樣一副沒事樣的小栞，二十四小時一直待在相同的地方無法移動，那是多麼痛苦、多麼孤獨的一件事啊？

其實我甚至想住在十字路口。看到揮手說再見時，小栞寂寞的笑容，我總是覺得胸口快要爆裂。

我盡可能每天都到十字路口，看準沒人的時間和小栞聊天。話雖如此，每天去就很難完全避開他人的耳目，而且不可思議的是，小栞的幽靈似乎只有我能看得到。爸爸和所長、路上的行人都看不見她。因為這樣，我在城鎮居民的眼中應該屬於最好不要靠近的怪人，但為了小栞，我覺得這些都無所謂了。

根據小栞的說法，似乎偶爾也會有人發現她，而且因此嚇一跳。這可能和有沒有靈力之類的事情相同吧？說不定和我能輕易平行跳躍的理由一樣，這些人的虛質密度也很高。

總而言之，我就這樣持續和小栞對話，一邊過著讀書和實驗的日子。

＊

第三次移動實驗是在我升上國中三年級的五月。我強烈認為跳躍到鄰近的世界沒有意義，所以決定一口氣跳到距離50左右的世界。

我移動到一個完全沒看過的房間。

近距離的平行世界裡，都和我原本的世界一樣，正在進行實驗，所以平行世界的我也會在同一個時間點轉移過去。因此，地點勢必都在搖籃裡面。

然而，這是第一次移動到搖籃以外的地方。這就表示我在這個世界並沒有做移動的實驗。簡而言之，我沒有做移動實驗的必要——也就是，小栞並沒有成為幽靈嗎？

話雖如此，我還是必須先確認這裡究竟是哪裡。拿出手機確認時間是凌晨一點。為了防止事故發生，所以實驗都選在深夜進行。慎重起見，我還確認了手機的聯絡人清單，但是裡面沒有小栞的名字。我戰戰兢兢地走出房間，發現周遭一片黑暗。畢竟是這個時間，家裡一片黑也算是理所當然。因此，我用手機的燈照亮腳邊，探索這個未知的家。

抵達客廳之後，我開始一一翻看手邊的東西，想找到一點線索。此時，屋裡的燈亮了起來。

我嚇了一跳回過頭看，站在那裡的是爸爸……還有應該已經離婚的媽媽。

「小曆？這麼晚了，你在幹什麼？」

爸爸右手拿著我去修學旅行時購買的紀念木刀。可能以為我是小偷吧？仔細想想，這個時間不開燈還在家裡翻找東西，被當成小偷也無可厚非。

媽媽一臉害怕的樣子，抓著爸爸的左手臂。看她的動作這麼自然，他們在這個世界應該沒有離婚。

「小曆？怎麼了？」

可能是見我沒回答，反而擔心了起來，媽媽放開爸爸的手朝我走來。然而，我現在沒有心情做這些事情。

如果是相隔這麼遠的世界，小栞或許平安無事。我想見小栞。我滿腦子只想著這件事。然而，聯絡人清單中沒有小栞的名字，就表示這個世界的我和小栞並不認識。「爸爸！能不能介紹所長的女兒給我認識？」

對於這個突如其來的要求，爸爸顯得既驚訝又困惑。

「為什麼這麼突然？」

「研究所的所長有一個和我同年的小孩對吧？我想見那孩子！」

「有是有……但你先把話說清楚。」

如果是爸爸的話，或許把事情說清楚也沒關係。但是，我現在沒時間說明這些瑣碎的事情了。

所以，我脫口而出剛剛想到的謊話。

「我之前偶然在研究所遇到，對她一見鍾情！」

爸爸的表情僵住了。

相較之下，媽媽反倒是笑顏逐開。

「哎呀，小曆也到這種年紀啦！你該不會是想知道她家在哪裡，所以才在這裡翻找吧？」

「咦？啊，對。就是這樣。這麼晚了，真是抱歉。」

「沒關係啦。但是擅自找人家的地址，直接上門可不行喔！我說老公，你就正式介紹一下吧！」

「咦？啊，嗯。說得也是，我是可以介紹你們認識。」

——就這樣，託了媽媽的福，我在下一個假日見到這個世界的小栞。

然而，在研究所會客室見到的小栞……

「那個……初次見面。我是佐藤栞。」

她用宛如面對陌生人般、充滿戒心的聲音對我打招呼。

我心想：不對，平行世界的同一個人，終究還是別人。

這不是那個我喜歡的小栞。就算找到小栞得救的世界，但是她和我一點關係也沒有，也無法對小栞有任何幫助。

為了拯救我的小栞、專屬於我的小栞，我必須找到小栞和我相遇但沒有變成幽靈的世界，否則一切就沒有意義了。

＊

我把平行世界的事情告訴爸爸，好不容易才得以使用搖籃回到本來的世界。結果擅自移動到遙遠的平行世界這件事，被原本世界的爸爸和所長斥責，但是我平安回來也讓他們放下心中大石。

然而，我卻覺得非常不安。我真的回到原本的世界了嗎？這裡真的是我原本的世界嗎？

不是沒有任何憑證嗎？為什麼可以斷言這裡不是隔壁的世界呢？不光如此，爸爸和所長該不會也是從哪個平行世界移動到這裡來的吧？

我在那之後，有一段時間情緒很不穩定，實驗也暫時中斷。

即便如此，我還是會去見小栞。根據所長的說法，小栞的虛質被固定在變成幽靈時的空間，所以無法平行跳躍了。除此之外，所長還說人類本來就是一天幾乎只會移動一次，所以基本上都會在原本的世界。因此，我才能安心地和十字路口的小栞說話。

了解我目前狀態的所長，認知到這個問題的急迫性，所以優先開發測定自己現在處於哪個平行世界的ＩＰ裝置。

結果，在我國中畢業前，ＩＰ裝置的測試品就已經完成了，而我也成為第一個監測員。這是一種可以登錄零世界，然後將ＩＰ的差異數值化，讓人知道自己身處第幾個平行世界的裝置。只要把這個裝置戴在身上，我就能回歸平靜，再度以更頻繁的頻率進行實驗。

在那之後，我使用搖籃平行跳躍超過十次。我去到的世界，幾乎都是相較之下比較近的世界，每個世界的我都跟著離婚的爸爸，而且也在研究室認識了小栞。然後，每個世界的小栞都成了幽靈。

如果再用氣泡比喻，之前被比喻為雙胞胎的微觀氣泡，實際上並不是一分為二，而是從同一顆氣泡分裂出來的氣泡全都可以視為雙胞胎。簡而言之，距離這裡較近的眾多平行世界，小栞似乎都遭遇事故成為幽靈。

目前只試了十次，但還有無限的平行世界。其中一定有小栞得救的世界……就算大家這樣勸我，我也不得不去想……

這該不會就是所謂的命運吧？

是不是只要我和小栞相遇，無論怎麼掙扎都會面臨這種命運？

＊

我十七歲了。

小栞的身體已經離開九州大學醫院，移到虛質科學研究所新建的實驗室，裝上呼吸器維持生命。所長把研究所的其中一個房間翻修成起居室，二十四小時都和小栞待在一起。

我為了找出拯救小栞的方法而持續平行跳躍。然而，我還是沒有找到方法。另一方面，我拚命讀書以第一名的成績考上縣內最難考的高中。我先把這個消息告訴躺在維生室的小栞，再向十字路口的小栞報告，她一直誇我很厲害，我因此才免於心碎，獲得繼續撐下去的力量。

然而，那一天終於還是來了。

那是某個寒冷的冬天。

「小曆。」

爸爸叫住準備去上學的我。

「今天跟學校請假，和我一起去研究所。」

爸爸第一次要我向學校請假去研究所，應該是要說什麼非常重要的事情才對。說不定是小栞有了恢復的跡象。就算我一直告訴自己不要過於期待，但心裡還是抱著些許期望前往研究所。

爸爸帶我去專為小栞設計的維生室。

「啊，小曆來了啊……請進。」

所長罕見地眼睛紅腫，出聲要我進去。她是熬夜了嗎？

不過，現在的我沒有心思管所長，特地要我向學校請假，讓我和小栞見面，一定是發生了什麼變化。我從爸爸和所長的態度可以感受到沉重的氛圍，但我無視這一切，只顧著去看小栞。躺在病床上的小栞，已經移除維生裝置。

「……小栞？」

我撫摸她毫無血色的臉頰。

我從冰冷的臉頰感受到優諾和小栞教我的、我一點也不想感受到的溫度差。

「大概在一個小時前……小栞的身體停止心跳了。」

我心想，就連我的心跳也停止算了。

＊

舉辦了小型葬禮之後，我看著燃燒小栞身體的煙從煙囪緩緩上升。之後，我穿著代替喪服的學生制服直接前往十字路口，看到從十四歲以來完全沒改變的小栞幽靈，笑著迎接我。

「小曆，好久不見了呢……」

「嗯，對不起。」

我之前每天都會來看小栞，這次卻整整三天都讓她一個人站在這裡。然而，這也是無可奈何的事。因為我不知道要怎麼告訴小栞，她的身體已經從這個世界消失了。「……小曆，你遇到什麼難過的事了嗎？」

聽到小栞溫柔的聲音，但是我答不出任何話。

中場休息

在小栞成為十字路口的幽靈之後，虛質科學開始大幅進步。

其中，世界級的成果之一，就是所長主導研究的ＩＰ裝置。這是藉由測定虛質紋，可用數值確認自己現在身處哪個平行世界的手錶型穿戴裝置。這項測試品完成之後，在全世界的研究機構進行測試，因為這些努力，ＩＰ裝置在數年後就對一般大眾廣徵監測員。

虛質科學研究所的研究內容也更進一步，由爸爸主導的ＩＰ固定化研究就是其中之一。這項研究目的在於隨時觀測虛質空間中重疊的虛質元素，鎖定量子的狀態避免晃動。若這項技術得以實踐，應該就能讓觀測中的對象無法平行跳躍。若技術能普及，就可避免在汽車行駛中因為遠距離跳躍而引起事故的情況。這是人類在接受平行世界之後，總有一天會需要的技術。話雖如此，但目前還不能直接觀測虛質元素，所以觀測仍然是研究中最重要的關鍵。當然，能夠隨意移動到平行世界的裝置——愛茵茲瓦的搖籃也繼續開發中。應該是以我使用搖籃時蒐集到的資料進行研究吧。這其實就是一種人體實驗（而且還用當時未成年的孩子做實驗），但知道這件事的人只有我和爸爸、所長三個人。

所長將隨意的平行跳躍命名為「選擇跳躍」，列為研究所二十年內實用化的主要研究計畫。這項技術完成之後，就可以互相交流平行世界之間的資訊，如此一來，可以想見未來不只虛質科學，就連世界文明的層級都能夠大幅提升。

相對於虛質科學的顯著進步，我的人生卻急速陷入抑鬱寡歡之中。

小栞的身體從這個世界消失，我的心靈支柱只剩下十字路口的小栞了。

其實，從高中畢業之後，我就想進入福岡的九州大學理學院虛質科學系。

所長本來就在這所大學的物理學系獨自進行虛質科學的研究，後來再到德國進修，回到日本以最快的速度升上教授之後，便在當地的支援下成立虛質科學研究所。爸爸也是當時的草創成員之一。

後來的情形，大家應該都很了解。我十歲時，所長在學會發表已經證實平行世界的存在。當大家還在震驚時，虛質科學就已經變成一門學問，虛質科學研究所這個鄉下地方的神秘研究所頓時在全世界聲名大噪。

因為這些成果，九州大學理學院新設了虛質科學系。招聘包含所長在內的研究所所員為約聘講師，對想學習虛質科學的人而言，這裡不但是日本第一，也是全球數一數二的虛質科學聖地。

我剛開始也打算到九州學習虛質科學，回來之後繼續從事能幫助小栞的研究。然而，小栞的身體已經死亡，我也成了廢人。如果要去九州大學，就得搬到福岡。我沒辦法把小栞一個人丟在十字路口，也不想離開她身邊。

所以我高中中輟，馬上到研究所工作。當然，這不是正規的途徑，完全是靠關係走後門。不過，所長和爸爸都很了解我的狀況，研究員們也都從小看著我長大，所以我毫無阻礙地進了研究所。

十八歲時，我以研究員的身分開始領月薪，所以我離開爸爸家一個人生活。雖然是勉強維持生活的金額，但我本來就沒有打算揮霍，這樣已經算是很夠用了。同時，我再度提起爸爸和所長因為小栞而放棄的再婚，翌年，他們終於結婚。不過，我也不是因為想讓他們過得幸福才這麼做。當然，他們能幸福當然最好。

然而，我的目的其實是想一個人獨處。

我想盡可能專注在小栞的事情上，所有的空閒時間，都想去十字路口。因此我才會選擇一個人住，但我僅存的一點理智，讓我不忍心讓日漸年老的爸爸孤單一個人。爸爸他們出乎意料誠摯地聽完我說的話，或許是因為顧慮到我的心情，最後才決定再婚。

獲得一個人獨處的時間後，我每天都會到十字路口看小栞，同時也認真進行研究。我還沒放棄拯救小栞，目前仍繼續使用ＩＰ膠囊（所長稱為「愛茵茲瓦的搖籃」，但不知道什麼時候開始大家都用這種簡單的方式稱呼）進行選擇跳躍的實驗，而且移動的距離漸漸拉長。

然而，即便實驗次數達三位數，和我相遇的小栞都罹患了虛質元素核分裂症。

遠距離的世界中，沒遇到我的小栞有些還幸福地活著，但是我一直不覺得，平行世界的小栞就是那個我深愛的小栞。我喜歡的小栞只有一個。看過越多世界，這種想法就越強烈。當時的我受到命運論影響，一心認為無論在哪個世界，只要我和小栞相遇可能都會是不幸的結局。因此，我和爸爸、所長討論後，決定提倡「不可迴避的現象半徑」。

假設在某個世界發生一種現象，那麼鄰近的世界幾乎都會發生，而較遠的世界則不會發生。所以我在想，像這樣直到不會發生相同現象為止，也就是「一定會發生相同現象的距離」是不是能夠數值化？

以愛茵茲瓦之海與氣泡理論來說，現象也是一顆氣泡。以衍生出某種結果的一顆氣泡為起點，從氣泡分裂出來的平行世界會被困在相同的類型的現象引力之中。因為無法逃脫這種現象引力，所以無論在哪個平行世界都會出現相同結果。這就是我設定的假說。

這項假說在研究所的幫助之下獲得證實，最後成為虛質科學正式認可的論點。由於使用ＩＰ標示其範圍的半徑數值，故組合表示黑洞半徑的詞彙（史瓦西半徑）命名為史瓦西ＩＰ，統稱ＳＩＰ。

順帶一提，會這樣命名是因為所長的建議，她大概也是參考某個虛構小說吧。

雖然我還年輕而且又是高中中輟生，但由於我的理論正式獲得採用，所以在虛質科學界開始有些人認識我。然而，我對這種事情一點興趣也沒有。雖然把這件事情當作獲得研究費用的材料，但我的目的始終只有一個，就是拯救我的世界的小栞。然而，諷刺的是，我提倡的ＳＩＰ反而證明自己沒有辦法救小栞。我和小栞相遇這個現象的史瓦西半徑內，小栞無一例外都遇到事故，成為幽靈。

虛質元素的觀測仍然沒有辦法實踐。就算這項技術實踐，能夠撈取小栞變成幽靈的虛質，但乘載虛質的身體也已經火葬了。

在這種狀況下，我只能想到一種方法能救小栞。

而且唯一可能的手段也只有一種。

平行跳躍如字面所示，是虛質空間的平行移動。

但這樣是不行的，平行移動救不了小栞。

唯一能救她的方式並非平行移動，而是垂直移動。也就是……

時間移動。

我二十七歲時，和那位女性「重逢」。

九州大學理學院虛質科學系第一名畢業之後，繼續攻讀研究所，發表的博士論文在學會獲得高評價，以最短時間修完博士課程。她拒絕了大學博士後研究員的職位以及國外研究所的邀約回到故鄉，接著就來應徵我們研究所。據說本來就是我們研究員的女兒，她的父親一直很以她為傲。

所長、爸爸以及其他研究員都很興奮，說是年輕的希望之星要來了，但我沒什麼興趣。我只盼著研究有點進展，可以讓我得到幫助小栞的提示，這樣也算是賺到了。當然，大家一致同意聘用這位女性，自四月一日開始進公司。順帶一提，我們研究所的員工本來流動量就小，所以該年度的新員工只有一位。因此，也沒有特別進行入所儀式，只有剛開始安排在會議室集合所員，讓她向大家打個招呼而已。因為沒有強制規定，所以我當然沒有參加，一個人繼續默默做研究。之後，這位女性由爸爸帶領，參觀研究所內的各個設施。當然，也有到我的研究室來，那時我們才第一次見到面。

——不對。

正確來說，不是第一次。

對我來說，是第二次見到她了。

話雖如此，我剛開始並沒有發現這件事。因為對她沒興趣，所以根本沒仔細看她的臉，只是默默點頭致意。我正了正身，心想還是得自我介紹一下。

首先由爸爸先向她介紹我。

「他是這個研究室的室長——日高曆。雖然是我兒子，但妳不必太拘謹。」

「好。」

第一印象是個冷漠的女性。帶著眼鏡的細長眼睛，讓人感覺到她的知性與冷靜。從表情也可以看得出來，她完全沒有打算討好接下來可能會一起工作、甚至成為上司的人。至少就我而言，對她沒有任何負面印象。只要是優秀的人才就好，巴結反倒讓我覺得麻煩。「曆，她就是之前說的新人。雖然也不是因為和你同年的關係才這樣安排，不過我之後想把她派到你手下。」

爸爸這樣說，其實我覺得是多管閒事。雖然我不知不覺成了室長，但我的研究室一直沒有正式的共同研究員，更不用說晚輩或屬下了。一方面是因為我在研究所裡年紀最小，除此之外，與其和別人合作，我自己一個人行動更有成效。這當然是我刻意為之，目的在於不要增加多餘的人際關係。總而言之，在那之後經過十多年，我仍然一心想著小栞。

所長好像覺得無所謂，但爸爸身為父親還是會在意吧？說不定他一開始就想好，如果有年輕的研究員進來，就要安排在我手下。

現在的目的是要找到時間移動的方法，這件事除了我以外沒有人知道。我用平行世界的研究當作掩飾，私下持續進行時間移動的研究。當然，虛質科學這項學問的各種可能性，的確可以應用在時間移動上，但以目前的狀況來看，世界只能平行移動。

以筆記本比喻的話，就是能夠移動到同一頁中的不同圖形，但是要移動到不同頁面就必須穿透紙張。所謂的紙張就是虛質。也就是說，時間移動需要突破虛質的高牆。而且，虛質構成物質，若要強行突破虛質，表示物質也會同時崩塌。簡而言之，在虛質科學的理論中，時間移動等於世界崩壞。

因此，我們的研究室完全不做時間移動的研究，也沒有這樣的預算。而我總是把一般研究用的預算，偷偷用在時間移動的研究上，所以一旦有屬下或是晚輩進來反而會壞了我的好事。

思考這些事情只是一瞬間的事。爸爸介紹的這位女性向前踏出一步，面對我介紹了自己。

「我是瀧川和音，請多多指教。」

她敬了個禮，直直盯著我的眼睛。

我突然想起……

好像在哪裡聽過這個名字。

是所員們在看履歷的時候念出名字嗎？不對，我不記得有這件事。還是閱讀在學會獲得高評價的博士論文時，看過她的名字呢？如果是這樣的話，應該會記得更清楚才對。

我再看了一次她的臉。充滿知性的端正五官。眼鏡度數感覺很深，鏡片後的細長眼睛，讓人感覺不太好親近。髮型是所謂的短鮑伯，髮色是帶點明亮感的深咖啡色。

……果然，感覺在哪裡看過她。

自從小栞變成幽靈之後，我就不太和人接觸。高中時沒什麼朋友，中輟之後每天過著往返家裡和研究所的日子。該不會曾經在我去過的店裡打工吧？不對，這類人我應該不會有印象。

「你們都是這裡年紀最輕的，不過我認為你們和其他研究員比起來毫不遜色。無論什麼領域都需要新血。希望兩位好好合作，成為承擔虛質科學未來的研究者。」

爸爸做了完美的結尾。爸爸不知不覺已經年過五十，人也變得非常穩重。為了向這樣的父親表示敬意，我久違地採取一點也不像自己的平凡舉動。

「初次見面。瀧川小姐，請多指教。」

瀧川握住我伸出去的手。

……感覺她握得我有點痛。

＊

我和瀧川究竟是什麼時候、在哪裡第一次見面，直到一年後才解開謎底。

一如大家的期待，瀧川真的非常優秀。剛開始她跟著很多人學習各種知識，每種領域她都能輕易吸收，有時甚至能提出改善方案。所長也認為最好盡快讓她進入研究團隊，在高層討論過後，如爸爸所願將她分配到我的研究室。

就這樣，我第一次擁有共同研究員。

接著，在那天下班時……

「曆，你來一下。」

我走過休息室，爸爸叫住我。

「什麼事？」

我走過去，爸爸就遞上一個信封。打開一看，發現裡面有兩張萬元鈔票。

什麼？這是什麼錢？

「要買備品嗎？」

「不是。你拿這些錢和瀧川去吃飯吧！」

「什麼？」

我徹底皺起整張臉。

「你們今天開始就是同一個團隊，要好好培養感情。」

「不要，我不需要。先走了。」

「等等，我已經訂好餐廳了。是媽媽推薦的店。」

「到底在做什麼啊……那你跟媽媽一起去不就好了。」

這裡說的「媽媽」指的是所長。她和爸爸再婚之後，我會在私人的場合這樣稱呼所長。我這麼做，是希望她不要有多餘的自卑感。

「我和媽媽另外預約了其他餐廳。你不去的話就浪費了。」

「爸爸本來就是這種個性嗎？」

爸爸就像是擔心一直單身的兒子，試著幫忙物色兒媳婦一樣。一個人年過五十之後，就會變得多慮嗎……我有一瞬間這麼想，但實際上似乎不是這樣。

「我知道你還沒放棄小栞。」

爸爸突然說了這句話，讓我瞬間停止呼吸。

「這是你的人生，你選的路我不會插嘴。不過，既然如此你就要想辦法提升可能性。瀧川真的是很優秀的研究者，一定能幫上你的忙，和她好好相處對你只有好處。」

「……沒想到，爸爸會用這一招。」

「瀧川要是幫得上忙就算賺到，你應該這樣想過吧？但是這樣想就錯了，她一定幫得上忙。」

原來如此，爸爸還是爸爸啊。他也和我一樣，現在還是缺少一點人情味。

「……如果是這樣的話，那就先謝了。」

把信封裡的兩萬元塞進錢包，用手機記錄預約餐廳的聯絡方式。既然是所長推薦的餐廳，這應該也算是業務命令吧。我直接留在休息室，等待應該快要出現的瀧川。

冷靜下來之後，反而變得有點緊張。我已經十多年沒有和其他人接觸，更何況除了小栞以外，從來也沒有邀請女性吃飯的經驗。

到底該怎麼開口呢？先說「辛苦了」嗎？如此一來，對方也會回「辛苦了，我先下班了。」、「啊，路上小心。」

……不行，這樣她就回家了。不對，應該是要說「辛苦了，要不要一起吃個飯？」這樣未免也太突然了。

和小栞一起的時候，都是怎麼約她的呢？「走！吃飯去！」不可能這樣說吧？東想西想之後，突然覺得一陣心悸。

胸口鬱悶的感覺，好令人懷念。原來我心中，仍然殘留著這種充滿人情味的情感。心裡雖然有點開心，但同時也湧起一股愧疚感。

小栞已經無法感覺到心臟的跳動了。

「日高先生。」

我差點以為心跳要停了。

「啊……啊，瀧川小姐。」

瀧川不知道什麼時候站在我眼前。工作已經結束了吧。剛好，就直接約她吧。要怎麼開口呢？糟了，頭腦一片空白。剛剛到底在思考什麼呢？

「辛苦了。」

「是，辛苦了。」

我接不下去。為什麼？明明和爸爸、小栞都能正常對話啊！這十年來盡量避免和人交際，原來會奪走人類的溝通能力啊？心跳越來越快，還冒出冷汗。就算我想說「一起去吃飯吧！」但現在連「一」要怎麼發音都想不起來。

看到我的樣子，瀧川皺了皺眉頭。「那個，我聽副所長說，日高先生會帶我去吃飯。」

我久違地打從心底感謝爸爸。

＊

爸爸預約的餐廳是一間距離車站步行約十分鐘的定食兼居酒屋，從拱廊長街往小巷裡走會看到一棟大樓，餐廳就在一樓。然而，越靠近那棟大樓，我和瀧川的眉頭就越皺。

「真的是這裡嗎？」

「應該……是這裡沒錯。」

那棟大樓從牆上至走道，都貼滿動畫和遊戲的海報。這棟大樓到底怎麼回事啊？

「應該？什麼意思？這裡不是日高先生預約的嗎？」

「啊……其實是我爸爸預約的。因為之後要和瀧川小姐組成團隊，所以要我約妳吃飯，培養和睦的友誼。」

「原來如此……呃，那會選這間店是因為副所長對這些東西有興趣？」

「我爸爸沒有這種興趣……啊，對了。這間店是所長推薦的。」

「所長推薦……啊，原來是這樣啊。」

不需要完整說明，她好像也能理解。

虛質科學的主角——佐藤教授，其實就是個阿宅，這一點在業界算是滿有名的。她尤其喜歡以前的漫畫、動畫、遊戲和輕小說，甚至公開表示虛質科學和平行世界的想法是受到這些作品的影響，還舉出幾部她列為虛質科學參考資料的作品。

「如果是所長推薦，就不能不去了。」

「是啊……那就走吧。」

位於一樓深處的餐廳，門簾上寫著「御宅食堂」。我們掀開門簾，嘎啦嘎啦打開拉門。店內飄蕩著定食屋特有的美食香味，但是充滿海報和公仔的空間更引人注目。

「歡迎光臨！」

「啊，我是有先預約的日高。」

「啊，對、對，你就是日高先生！請到那邊有紙門的包廂。」

進入位於入口正對面的紙門包廂後……

「這個包廂是怎麼回事……」

一樣充滿海報和公仔，但風格和外面稍有不同。簡單來說，都是美少年。外面的海報和公仔都是美少女，這裡則完全相反。如此看來，這個包廂應該是女性專用吧？

總之，我們先在坐墊上就座，用店員遞上來的溼毛巾擦手。和式的座位讓人很放鬆，這一點滿好的。我本來還覺得很不安，但所幸菜單裡的餐點還算正常，隨便點了一些菜之後，我們拿起先送來的酒乾杯。

「呃……今天開始我們就是同一個研究團隊了……請多多指教。」

「請多多指教。」

因為緊張而口渴的我，一口氣就喝了半杯啤酒。瀧川則是淺嚐一口酒精度數較低的雞尾酒之後，就把酒杯放在桌上。

「……您常喝酒嗎？」

「也不算常喝。其實是喜歡喝，但不太能喝。」

「這樣啊……」

對話就這樣中斷了。這時候應該拿出勇氣開新話題，但我不知道怎麼接下去。如果瀧川能說點什麼就好了。

我們沉默了一陣子，就這樣繼續喝酒。話雖如此，但因為是啤酒，所以我馬上就喝完一杯了。瀧川好不容易才喝了三分之一杯左右。這下我連酒都沒有，真的閒得發慌了。就在她的酒杯已經空了一半時……

「那個……」

瀧川突然放下酒杯開口說話。

「啊，是！」

我嚇了一跳，所以這樣回應。年近三十的男人，真是可悲。

瀧川低下頭，瞇起眼睛盯著我看。仔細一看，發現她的耳朵通紅。該不會喝這點酒就醉了吧？

「我進研究所的那天，在研究室跟你打過招呼對吧？」

「對。」

我記得，爸爸帶著瀧川過來找我。

「當時，日高先生對我說初次見面呢！」

初次見面，請多指教。應該是非常普通的打招呼方式才對。她到底是哪裡不滿意呢？

此時，我突然想起來了。

對了，我那時候……

「我們不是初次見面。」

我那時候，好像覺得我們不是初次見面。「至少對我來說，那是重逢。」

「……果然是這樣啊……」

「果然？您有發現嗎？」

「我有覺得好像在哪裡見過。」

「那您知道是在哪裡嗎？」

「……對不起，我想不起來。」

我誠實地低頭致歉。那次見面之後，我怎麼想都想不到答案。

瀧川再喝了一口酒。她是因為這樣所以不高興嗎？不過，為什麼我會想不起來呢？我到底在哪裡見過她？

「我們是高中同學。」

「……什麼？」

「同一所高中、同學年而且還同班。」

「……那真是抱歉。」

原來如此，原來是這樣啊！難怪我會覺得見過她。原來如此、原來如此。想得起來才怪。說實話，我還是毫無頭緒。

我就讀的高中是縣內最難考的學校，一年級的班級會按照考試成績分配。以第一名成績考上的我，當然是編入最高級的A班。不過班上的學生都只對讀書有興趣，就連我也一樣。當時完全沒有心思交朋友，教我回想同學的臉和名字，我連一個人都想不起來。然而，為什麼我偏偏記得瀧川呢？

「畢竟我們也沒說過話，記不得也是無可奈何的事。不過，日高先生反倒令人印象深刻，畢竟您是新生代表啊！」

新生代表。我以第一名的成績考上高中，所以開學典禮那天以新生代表的身分站上舞台。原來如此，既然是這樣，就能理解為什麼我會被成績優先的A班學生記住了。

不過，這並不是我記得瀧川的原因。

「我本來也想當新生代表，所以很不甘心。之後想透過考試的分數贏日高先生，但您還是誰也不讓，一直獨占第一名的寶座。」

當時小栞的身體還活著。拯救小栞對我來說是最重要的事情，而且實際上能做的也只有這些。以最好的成績考上最好的大學，找出拯救小栞的方法。為此，我拚命讀書，所以才有那樣的成績。

「成績那麼好的日高先生，二年級就中輟，我真的很驚訝。您應該是有什麼苦衷，但我當時只覺得日高先生墮落了。不過，事情不是我想的那樣。日高先生後來提倡『不可迴避的現象半徑』獲得認同，在虛質科學的領域名留青史。我在大學得知這件事時，真的很不甘心。所以我發誓，一定要進入虛質科學研究所任職，做出超越您的成果。」可能是因為喝了酒的關係吧。外表冷酷的瀧川，現在正以熱切的眼神盯著我。原來如此，爸爸的說法似乎很正確。她的執著肯定能為我所用。

「這是我的榮幸。我們一起將虛質科學發揚光大吧！」

雖然努力堆滿笑容，但仍然無法一掃我心中的鬱悶。

我還是不明白。我不明白記得瀧川的原因。如果只是名字也就算了，但我感覺還有其他什麼不同的記憶。雖然同班但是沒有說過一句話，高中中輟之後也不曾在研究室內遇過。在這種條件下，為什麼我還會記得她呢？

不知道是不是看穿我的假笑，瀧川的眼神再度回到不怎麼高興的樣子，咕嘟喝了一口酒。這是她目前為止喝得最猛的一次。這樣真的沒關係嗎？

「所以啊……」

「是。」

「為了和日高先生在對等的立場競爭，我有件事想拜託您。」

「什麼事？」

她到底會說什麼呢？希望不是太麻煩的事。

瀧川再度舉起玻璃杯大口喝酒，往桌面探出身子說了一句：

「可以不說敬語嗎？」

「……咦？」

這個請求完全出乎我意料之外。

「畢竟我們是同學啊！說敬語就會讓人在意工作上的立場。如此一來，日高先生就變成我的上司，這樣怎麼毫無顧忌地競爭啊？」

「這樣啊。」

「所以我們就以平輩的方式對話吧！不行也沒關係，我會乾脆地放棄。再怎麼說，我也有身為社會人士的常識，若你能當作是我酒後胡言，那就算是幫了我大忙。」

她是為了說這些扭曲常識的話，所以才借用酒精的力量嗎？還真是勇敢啊！不過，這樣或許反而比較好。反正我自己也不太會說敬語，而且之後可能總有一天要向她坦白時間移動的研究。既然如此，先縮短彼此的距離應該會比較好。

「我知道了，那就這樣做吧！我會用平輩的方式說話，這樣也比較輕鬆。」

「這樣啊，那先謝了。」

豪不客氣地回應之後，瀧川把玻璃杯裡剩下的雞尾酒喝光。雖然看起來若無其事，但手微微顫抖。她剛才大概很害怕吧。無論如何，向上司要求不說敬語，對一般社會人士來說根本就是荒謬至極。她得感謝我不是一般的社會人士。

「那就再次請你多指教了，日高先生。」

「不說敬語但是名字後面加個先生，聽起來不太對勁啊。叫我曆就可以了。」

「是嗎？那就……」

接著，在瀧川叫我名字的瞬間……

「暦。」

我想起來了。

為什麼我只記得她。

還有，我們什麼時候、在哪裡見過面。

＊

那應該是二十歲左右的時候。我像平常一樣，使用ＩＰ膠囊平行跳躍。因為已經做過好幾次實驗，所以能在獲得許可之後移動到遠距離的世界。那天，我嘗試移動到比平常更遠的世界。

移動時間通常選在凌晨兩點進行。因為白天做實驗的話會伴隨著各種危險。譬如移動過去的瞬間，我正在高速公路上開車，就算只是遲疑一下也有可能會引起嚴重的事故。畢竟，小栞就是因為這樣才會造成意外。

相較之下，半夜兩點的話通常都在睡覺。雖然也不能說是絕對安全，但至少移動時九成以上都會按照預期躺在床上。

當時的移動實驗，我也順利在床上醒來。然而，這次有個決定性的不同。

這種不對勁的感覺，讓我差點喊出聲。

我的右手，握著某個人的手。

我戰戰兢兢地轉向右側。

有人睡在我身邊。

互相緊挨著的皮膚觸感，讓我覺得自己和對方似乎都裸著身子。房間裡有一盞小夜燈，隱隱約約可以看見對方的輪廓，那是一個長髮的——女人。難道是？我有一瞬間滿心期待。

難道這個人是小栞？

我一直在找尋這個世界。這裡難道就是小栞和我相遇，但沒有變成幽靈的世界？

為了確認這一點，我在枕邊找到檯燈並按下開關。

因為燈光刺眼，女人醒了過來。

「嗯……曆，怎麼了？」

女人揉揉眼睛看著我。

她是誰？

「上廁所嗎？還是……要再來一次？」

說完之後，女人害羞地笑了。

她的笑容、眼睛、耳朵、鼻子、嘴巴，甚至呼喚我的聲音……

都不是小栞。那是一個和小栞完全不同的女人。

我可以全裸和不是小栞的女人睡在一起嗎？

想到這一點的瞬間，我覺得非常不舒服。

好想吐出胃裡所有的東西。我想用力推開眼前的女人，大罵：「妳是誰啊？」不行，要冷靜。這裡不是我的世界。無論平行世界的我要和誰在一起，我都沒有權利過問。

……是這樣嗎？就算是平行世界，我還是我吧？為什麼我會抱著不是小栞的女人？明明都是我啊！每個世界的我，不都應該為小栞而生嗎？

不行，我的想法開始變得亂七八糟。這就是陷入混亂的證據。得趕快回去才行，得回到原本的世界！我久違地強烈祈禱，想回到原本的世界。我不需要這種世界。開什麼玩笑。我絕對不接受自己有除了小栞以外的戀人——

接著，回到原本世界的我，馬上把那個世界從記憶中刪除。

＊

對了，是平行世界。

那個世界有個女人會喊我「曆」。

那個女人在我身邊，和我牽著手，對著我笑。

那個女人是我在那個世界的戀人。

擁有除了小栞以外的戀人，這個事實令我無法忍受，所以馬上就回到原本的世界。因為只有短短幾秒鐘，所以對方大概沒有察覺。而且那個世界的我，也剛好正在睡覺。沒錯。現在瀧川叫我「曆」的聲音，和那個女人喊「曆」的聲音一模一樣。我是在平行世界，遇到瀧川。

在平行世界，她是我的戀人。

我不知道該怎麼接受她的存在，所以沉默不語。

瀧川雖然不是為了我而接話，但她開口說：

「你也可以叫我和音。」

一開始是我要她直接叫自己名字，所以我不直接叫她名字也很奇怪。我動了動莫名乾燥的舌頭，戰戰兢兢地喊她的名字。

「知道了……和音。」

明明是第一次發出的聲音，不知道為什麼卻覺得舌頭已經適應，這讓我覺得好想去見小栞。

之後，我和瀧川……和音，一邊吃著送上來的料理又喝了幾杯酒，離開餐廳的時候，和音已經完全喝醉。和音吵著要去唱歌，我只好陪著她唱了一個小時。因為她走路已經搖搖晃晃，實在太危險，無奈之下只好送她回家。

途中會經過昭和路的十字路口。

號誌變換，我們開始過馬路。小栞就在這個斑馬線的盡頭。

我努力集中精神。

結果，斑馬線上出現依然十四歲的小栞。

「啊……小曆。」

小栞開心地微笑。我也稍微揮了揮手。然而，很遺憾的是現在我與和音走在一起。我要是在她面前和她看不見的幽靈說話，就算她已經喝醉，也一定會覺得奇怪。雖然我不想被發現，但也不能在這裡叫她自己一個人回家。沒辦法，我決定先送和音回家再回到這裡。

我放慢走路的速度，在小栞耳邊說：

「我馬上就回來，等我一下。」

小栞輕輕地點了頭。

接著……

「咦……曆也看得見那孩子嗎？」

因為和音的這句話，讓我完全停下腳步。

我看著和音，和音的視線似乎真的看見小栞了。雖然爸爸和所長都看不見，但是根據小栞的說法，偶爾還是有人能看見她。既然小栞已經變成幽靈，那麼能看見小栞的人一定都是靈力很強的人吧。因為這些人把事情傳出去，所以「十字路口的幽靈」現在已經變成這個城鎮有名的都市傳說了。和音也是靈力強的人嗎？

「妳看得見小栞嗎？」

情緒大為動搖的我，不小心說出小桀的名字。

原本雙眼迷濛的和音，突然恢復清醒，用平常的銳利眼神貫穿我。應該是恢復研究者的眼神了吧。

「小桀？是這位幽靈的名字？你知道幽靈是誰嗎？」

太大意了。雖然我想敷衍了事，但找不到好方法。就算我都不回應保持沉默，從我的態度她應該也知道答案了。

「我直接問幽靈的。」

迫不得已，我只能試試這個藉口。從和音的表情，我無法判斷她是否相信。

「小桀啊……一般來說應該是女性的名字吧？」

「看外表也知道吧？」

「這樣啊，所以你看得很清楚，一眼就能分辨性別。」

「咦？」

「我只是偶爾能看到非常模糊的人形，而且也聽不到她的聲音。不過你可以清楚看到，也能聽到聲音……你們之間不可能一點關係也沒有吧？」這下我真的是自掘墳墓了。難道她剛才是在套我的話？明明喝醉卻還能設下陷阱，看來她前途無量啊！

「請告訴我真相，還有，奉勸你最好不要小看我的好奇心。」

和音定睛瞪著我。要是敷衍她，她一定會窮追猛打。一個不小心，說不定她還會在研究所的其他所員面前說出來。

怎麼辦？現在就是該下判斷的時候了。和音是非常優秀的共同研究員。之後告訴她自己真正的研究並尋求幫助也是選項之一。就當作是時機提早了一點，說不定這也是個好機會。

我望向小栞，小栞睜大眼睛看著我與和音。

「小栞，我能告訴她嗎？」

小栞凝視我的眼睛短短幾秒鐘，便輕輕點了頭。

下定決心之後，我再度面向和音。本來我就想過，如果能與和音交朋友，以後或許就能更自然地和小栞聊天。基本上沒人看得見小栞，我和小栞聊天這件事，就旁人看來我只是個站在十字路口自言自語的危險人物。然而，如果是兩個人的話，大家就會覺得是兩個人在對話。反正也不會有人認真聽路人在說什麼。「我知道了。和音，我現在要告訴妳重要的事情，妳仔細聽好了。」

接著，我開始告訴和音有關小栞的事情。

話雖如此，也不是全部坦白。我刻意隱瞞了和小栞之間的關係，只說是單純的朋友。這位朋友在平行世界的這個地方遇到交通事故，在事故瞬間強行平行跳躍。結果，在移動之前，平行世界的肉體就被汽車撞飛當場死亡，最後變成失去物質的虛質留在這裡。這就是所謂的虛質元素核分裂症……我大致說明到這裡。

「我為了救這孩子一直在做研究。」

聽完我說明的和音，用手摀著嘴巴陷入沉思。她接下來說的話，就能決定我對她的評價了。

「……如果能觀測並撈取虛質元素，或許有可能救她，然後再想辦法讓這個世界的身體和虛質同化……」

和音的回答，在我心裡幾乎算是滿分。

「不，她在這個世界的身體已經死了。罹患虛質元素核分裂症時，身體的狀態等同腦死，雖然撐了兩年，但還是回天乏術。」

「這樣啊……那該怎麼辦？」

直到這個時候我才有一瞬間覺得猶豫，但最後還是決定告訴她。我決定相信她，因為在我說明完之後，比起提問、否定、反對，她反而先說出具體的解決方法。

「我想應該只能消除小栞罹患虛質元素核分裂症的根本原因，而且也一直在找能實現的方法。」

「消除根本的原因？」

「就是小栞遇到事故的原因，當初小栞因為移動到平行世界才會造成這樣的結果。所以我想從一開始就把原因消除。」

「從一開始就消除……你的意思該不會是……」

和音好像發現我想說什麼。說得也是，只要是虛質科學領域的人，必定都有想過一樣的事情。

「我一直在做時間移動的研究。」

和音睜大鏡片後的細長眼睛，啞口無言。

雖然曾是虛構情節的平行世界現在已經成真，但時間移動仍然是天方夜譚。聽到我認真研究，這種反應也很正常。

「我現在的目標是回到過去，重新來過。」

一個不小心，這些話可能會讓她覺得我瘋了。然而，和音的反應不一樣。

「好厲害。」

「咦？」

「曆，你果然很厲害。我以為你在研究平行世界，沒想到已經進一步在研究時間移動。」

和音的眼神變得閃閃發亮。那是對未知充滿好奇的光亮。

「時間移動的研究沒有預算吧？」

「是啊。所以我挪用平行世界的研究預算，從事時間移動的研究。這件事一旦曝光，可不是開除就能了結的。」

「所以這是必須保密的研究內容對吧？很好，非常有趣。我也一起蹚這個渾水吧！而且，我一定會比你更早找出時間移動的方法。」

「……我本來就想過總有一天要拜託妳幫忙，不過沒想到今天這麼突然……」

既然事已至此，那就只能共患難了。況且，和音對我的競爭意識或許還有正面影響。自己一定要走在最前面，這種想法對研究者來說非常重要。因為競爭心而誕生的成果，在這個世界上比比皆是。

「目前的虛質科學，認為不可能做到時間移動……原因在於物質的垂直移動無法穿越虛質的高牆……不過，這也只是預設理論的問題，只要想出一套新的理論……啊，我現在沒辦法這樣待著。曆，我先回去了。」

「咦？妳沒事吧？酒氣都還沒散吧？」

「我醉意全消了。」

「我送妳回家吧。」

「沒關係，我搭計程車回去。現在只想盡快整理思緒，明天見了。」

說完之後，和音不等我回答就快步向前走。她穩健的腳步，讓人覺得剛剛東倒西歪的樣子簡直像是假的。

走到一半，她停下來轉身面對我。

「琹小姐嗎？幫我向她問好。」

她丟下這句話，這次頭也不回地離開了。

被她丟下的我，聽到小琹輕聲說話。

「……真是有趣的人呢。」

「對啊。」

「她是小曆的戀人嗎？」

我反射性地瞪著小栞。

「不是。」

「……眼神好恐怖喔。」

「對不起。但我和她怎麼可能會是這種關係。我心裡只有妳啊！」小栞聽到我說的話，露出不知道是開心還是悲傷的虛無微笑。

「謝謝你……但是，已經夠了。」

我聽到最不想聽的話了。

「我雖然不清楚……但是已經過了很長一段時間了吧？小曆都變成大人了呢。」

小栞還是當初十四歲的樣子。心靈不能說完全沒有改變，但也不算有成長。

隨著歲月流逝，小栞的意識和情感好像也越來越淡薄了。

她的表情也像以前一樣都沒有變，臉上永遠掛著似懂非懂的微笑，不會哭也不會生氣。這可能也是理所當然的事情，畢竟她一個人站在十字路口已經超過十年了。在這種情況下要一直保有人類的情感，的確是不可能。

「我說，小曆……已經夠了。你為了我一直孤零零的……我不喜歡這樣。」

「我不是一個人。我是為了自己，才和妳在一起。」

「……謝謝你。我很高興……但是……」

「沒有但是。我們不是約好了嗎？我一定會救妳。我就是為了這個才活到現在啊！」

「……嗯……」

把話說出口之後，心裡湧現對小栞的憐愛，讓我好想哭。我想擁抱她，但是辦不到，因為小栞失去物質只剩下虛質了。我們連牽個手都做不到。這種狀況實在令我焦躁不已，覺得既生氣又悲傷。

「算我求妳，不要說什麼夠了。我是為了妳，只為了妳才活到現在。我一定會找到方法，相信我。」

「嗯……謝謝你，小曆。」

變成幽靈的小栞，對著我伸出手。我也把自己的手搭在她的手上。但是我的手碰不到她，只是穿過去而已。

我真的不希望手掌感受到的溫度只是個錯覺。

＊

我從隔天開始便得到和音這個優秀的夥伴，比往常更熱切地投入時間移動的研究。

我與和音不只在研究室討論，有時在公園、卡拉ＯＫ包廂、彼此的家中，甚至也會到所長推薦的那間定食餐廳。我們總是聚在一起互相討論虛質科學與時間移動，彼此交換意見。這份研究熱忱，讓我們在原本的平行世界領域留下了各種周邊成果。我與和音在研究所內的地位也越來越高。現在甚至可以使用過去無法隨意使用的機器，研究也持續進步。

然而，我每天仍然會到十字路口和小栞聊天。偶爾和音會和我一起去，透過我和小栞對話。

研究的時間、和小栞在一起的時間都很充實。

不過，我仍然沒有找到時間移動的方法。

只有小栞的時間，一直停在十字路口。

在那之後，又經過了十年的歲月。

＊

「來，啤酒。」

老闆把杯裝啤酒放在吧檯上。我拿起酒杯，一口一口慢慢喝。我已經過了能大口喝酒的年紀，不知不覺也年近四十了。看著眼前小小的美少女公仔，心裡竟然會覺得：做得真精巧啊！這裡是十年前所長推薦的定食餐廳二樓的小酒吧。店內仍然充滿動漫海報和公仔。在那之後我與和音就經常來樓下的餐廳吃飯，而且也會到這個酒吧喝酒。現在已經完全是常客了。老闆和大廚也十年如一日地繼續經營這間餐廳。

「日高先生，今天看起來很憂鬱呢。」

「研究沒進展啊。真的感覺有點筋疲力盡了。」

在那之後經過十年。虛質科學持續發展，平行世界的研究也有大幅進步。

所長製作的ＩＰ膠囊已經實用化，能夠隨意移動到平行世界的「選擇跳躍」將各平行世界的資訊集結在一起。世界因此變成一個巨大的量子電腦。其結果，使虛質元素得以直接觀測，帶來許多前所未有的突破。

首先，我與和音查明只有我能清楚看見小栞，甚至聽見聲音的原因。

直接觀測虛質元素，能夠測定小栞失去物質形態的虛質紋。測定出來的結果和我的虛質紋比對之後，發現有部分完全一致。可能是我和小栞一起進入ＩＰ膠囊移動到平行世界時，在某種作用下使得部分虛質發生同化現象。

因此，只有我才能清楚看見小栞，並且聽見小栞的聲音。得知這一點的時候我覺得很高興，因為這讓我覺得我和小栞彼此都是對方的一部分。順帶一提——在研究的過程中，之前保密的事情已經沒辦法隱瞞。最後我還是在獲得小栞的允許下，把我們的關係全都告訴和音。當時和音的反應非常冷靜，說她早就猜到了。

此時ＩＰ裝置也已經普及。現在嬰兒一出生就會測定ＩＰ，有義務將該ＩＰ登錄為零世界並戴上穿戴裝置。現在這個時代，每個人都理所當然地了解平行世界的存在。

爸爸研究的ＩＰ固定裝置也已經完成。這項裝置藉由隨時觀測虛質，固定虛質元素的狀態，使觀測對象無法平行跳躍。這項技術主要應用在結婚典禮等人生重要的活動上，以防止在關鍵時刻移動或者犯罪者藉由選擇跳躍逃到平行世界。

現在虛質科學已經像這樣融入人們的日常生活之中，無法分割了。政府了解到重要性後，便針對平行世界擬定了相關法令，根據該法令在內閣府新設虛質技術廳。因為這件事的影響，我們研究所成為獨立行政法人，以國立研究開發法人虛質科學研究所的名義重新出發。雖然一樣還是由我父母擔任所長和副所長，但他們也到了差不多該退休的年紀。他們退休之後雖然不打算中斷研究，但似乎想把職位讓給後進，照這樣下去應該會變成我與和音分別擔任所長和副所長。雖然虛質科學的發展耀眼奪目，但是——

我仍然沒有找到時間移動的方法。

我總覺得，自己一定是漏掉什麼非常重要但也可以很單純的關鍵，阻礙想像的永遠都是常識。我與和音應該是還沒打破某種常識的桎梏。

但是，我並不知道那是什麼。在煩躁之下，我一鼓作氣大口喝下啤酒。

「都已經不年輕了，最好別喝那麼急。」

老闆一邊苦笑一邊收下空酒杯。我覺得自己好像喝太多啤酒了。於是攤開酒單打算點些不同的飲品。

大致瀏覽一下，突然發現酒單上有個很罕見的名稱。

「老闆，這裡本來就有賣健力士嗎？」

健力士是愛爾蘭產的黑啤酒，據說在當地是每天都會飲用的酒類。

「啊，因為有客人說想喝，所以我就進貨了。你有喝過嗎？」

「年輕的時候喝過幾次。久違地喝一杯吧！」

「馬上來。」老闆在吧檯上放著空啤酒杯。

「裡面的啤酒呢？」

「現在才要倒進去，很有趣喔！」

老闆笑咪咪地撬開健力士的瓶蓋。接著，在玻璃杯上倒下酒瓶，將啤酒一口氣倒入酒杯中。倒入的黑色啤酒旁出現氣泡，充滿整個酒杯。

然而，之後卻出現奇妙的現象。

黑色啤酒開始漸漸往下沉，啤酒的水位上升，氣泡當然也會跟著往上浮……才對啊。

然而，玻璃杯中的氣泡卻直往下沉。

我目瞪口呆地看著「氣泡往下沉」的現象，感受到現在眼前正發生某種不得了的事情。

「……老闆，這是……」

「很有趣吧！這叫做健力士浪湧。不過我不知道原理就是了。」

冷靜想想，這個現象其實很簡單。氣泡往上浮的時候，撞擊到氣泡的啤酒也會被往上推。這是因為啤酒有黏度。然而，啤酒不會高過氣泡，所以在酒杯口徑寬的地方會形成漩渦，沿著酒杯內面往下沉。如此一來，這次換氣泡因為黏度被啤酒推擠，所以會和啤酒一起下沉。因此，就會形成酒杯中央的氣泡上升，而酒杯內部表面氣泡下降的狀態。從外面看起來，就像是氣泡往下沉一樣。不——實際上，的確有一部分的氣泡會下沉。

「啤酒的黏度……氣泡……虛質，對了，虛質黏度這種概念……氣泡的浮力……虛質密度……大海的虛質與氣泡的虛質……虛質的黏度與虛質的浮力……IP的觀測……變更數值……固定化……」

「日高先生？怎麼了？」

就是這個。

找到了。

這就是我與和音漏掉的地方。這就是我們應該突破的常識。

那就是——「氣泡往下沉」。

*

我坐立難安，迅速結帳之後就衝出酒吧，馬上與和音聯絡。雖然已經是晚上十點，但幸好和音還在研究所。順帶一提，我們兩個人一直都單身。我覺得和音好幾次都有機會脫單，但她還是以研究優先直到現在。年近四十又從事研究的女人，現在應該很難找到結婚的對象了。和音在某種層面上，可以說是比我還瘋狂的研究者。

而我現在卻覺得很感謝這樣的和音，我搭著計程車前往研究所，與和音兩個人窩在研究室裡。

「什麼？出什麼事了？」

和音對我投以可疑的眼神，我也開門見山地回答。
「找到時間移動的方法了。」
和音睜大眼睛。
我們這十年苦苦追尋卻不可得的東西，就在這個平凡的日子裡突然出現。
一般人大概都不會相信。
「說明一下吧。」
不過，我與和音已經相識多年。她知道我對關於小栞的事情，絕對不會開玩笑。
「抱歉，雖然我說找到了，但也只是掌握一個概念而已。」
我一邊梳理複雜的思緒，慢慢說出口。
「愛茵茲瓦之海與氣泡，世界的氣泡一直往海面上浮，這表示往未來前進的意思。既然如此，想要回到過去，只要沉入海底即可。」
「理論上來說是這樣沒錯。這我們不是一開始就說過了嗎？氣泡不會往下沉。如果想要讓氣泡下沉，就必須增加重量，但是這麼做的話，氣泡本身就會破裂啊！」

「和音，不是這樣的。只要符合一定的條件，氣泡就會往下沉。」

「什麼意思？」

「是黏度。妳知道健力士啤酒嗎？那種啤酒的黏度很高、氣泡很細。當液體的黏度大於氣泡的浮力時會出現漩渦，引發下降水流，被黏度推擠的氣泡就會往下沉。」

「所以那是物理理論吧？如果是這種靠想像力的思想實驗，想做幾次都可以。但問題是這種理論能不能應用在虛質空間。」

「可以。只要改良ＩＰ膠囊和ＩＰ固定的技術就行了。」

當我說出對我們而言已經很熟悉的裝置名稱後，和音的表情才有所改變。應該是她的大腦從否定轉向思考了吧。確定她的態度之後，我才開始具體說明方法。

「首先，要擴充ＩＰ膠囊的功能，對時間移動對象的虛質施加壓力，藉此壓縮虛質量。接著再擴充ＩＰ固定的功能，鎖定縮小的虛質。此時，再改寫周邊虛質空間的ＩＰ數值，就能創造出小型的漩渦引發下降流，質量縮小後的虛質浮力小於空間的虛質黏度，應該就會開始往海裡下沉了。」和音默默在腦中消化、咀嚼我的說明。

「……理論上來說的確有可能做到。但問題是無論膠囊還是固定用的機械，真的有辦法做到這些改良嗎？」

「這就是我們接下來的研究課題了。現在已經能直接觀測虛質空間，所以絕對不會是天方夜譚。」

「哎呀哎呀……又是個耗時十年的大工程啊！」

和音聳了聳肩。這表示她已經認同了。

「不過，還有一個問題。就算順利成功，這樣要怎麼拯救栞小姐呢？」

沒錯。因為我的最終目的是救小栞，所以光是找到時間移動的方法還不夠。該怎麼用這個方法救她，才是問題的核心。

當然，我心裡也已經有底了。

「和啤酒不同的是，用這個方法往下沉的氣泡不會再浮起來。只會一直往浮力和黏性相等的位置下沉，回到那個時間點的過去。所以這裡的重點就是要先找到小栞過得幸福的世界，確認該世界的ＩＰ值，然後精密計算把虛質壓縮至氣泡剛好能下沉到那個世界的過去分歧點。順利的話，下沉到分歧點的時候，原本的氣泡應該會靜止，並且與分裂前的氣泡融合，這時候原本氣泡的ＩＰ值就會改變。如此一來，虛質量和浮力都會恢復正常，融合後的氣泡會開始往那個世界的未來向上浮起。接著只要正常在那個世界生活即可。」閉著眼睛聽我說話的和音，沉默一陣子之後慢慢睜開眼睛。她細長的雙眼透過鏡片瞪著我。

「也就是說，你要把身體留在這個世界，只有虛質回到過去的分歧點，融合到不同的世界之後，到那個世界重生嗎？」

「就是這樣。」

「那留在這裡的身體會怎麼樣？」

「只是從平行移動換成垂直移動，症狀應該就和虛質元素核分裂症一樣。物質就是身體，那麼虛質就是靈魂。失去靈魂的空殼……嗯，應該就是腦死狀態吧！」

我沒有任何感慨，只是傳達事實。我的態度讓和音皺了眉頭。她看起來似乎很不愉快。

「那誰要照顧你的身體？」

「不知道。」

「你有想過你父母的心情嗎？」

「那些都無所謂。」

和音的表情變得越來越可怕。她的心情和她想說的話，我並不是不了解。

我還沒有喪失人性到這個地步。

但是，這也是無可奈何的事啊！

我真的覺得都無所謂了。

「害小栞如此不幸的世界會變成什麼樣子，我真的覺得一點也不重要。我只想帶著小栞的虛質、靈魂，去到能讓她幸福的平行世界。之後的事情，我就不管了。」

這是我活著的唯一意義。這個無法讓小栞幸福的世界，一點用處也沒有。我們會一起逃走，之後就請留在這個世界的人各自過著幸福的生活吧！

我由衷這麼想，而且心裡沒有一絲迷惘。除非小栞連同身體一起復活，否則無法推翻我現在的想法。

和音應該已經了解我的意志堅定，深深嘆了一口氣說：

「……不過，這裡還是有時空旅行的問題。當你回到過去消失在這個世界的時候，你在這個世界引發的所有現象，難道不會消失嗎？」

「就虛質科學的角度來說不會有這種可能性。我就像是一支鉛筆，一旦畫過線，就算鉛筆斷了，線也不會消失。」

「還有另一個問題。用這個方法和其他世界的自己會合時，你和栞小姐的虛質會和平行世界的虛質融合，所以記憶和人格都將不復存在。越是回到過去，自己就會消失得越多，融合之後就只能任憑其他世界的自己擺布了。」

「沒關係。對我來說，只有在這個世界相遇的小栞才是我的小栞。我無法原諒讓小栞遭遇不幸的自己。如果我和小栞在這個世界的靈魂，能到其他世界重新來過就已經很好了。」

「你真的瘋了。」

「或許是吧。妳不願意的話就退出吧！接下來我自己一個人做。」

這是我的真心話。本來和音就是一直陪著我做個人的研究，她有權利隨時退出。

然而，和音的反應出乎我意料之外。

「我才不退出呢。你一個人做的話，恐怕要花個幾十年。」

她的表情已經不像剛才那麼帶刺，感覺就像附身的魔物退散一樣爽朗。怎麼說呢？我本來以為她會繼續說服我、罵我或者揍我。

「不過，還有其他問題吧？要把ＩＰ膠囊用在時間移動上的話，只有你能移動，而栞小姐不行啊！她沒有身體，虛質也沒辦法離開十字路口。只有你單獨去到不同的世界也沒有意義啊。」

「啊……啊，這一點應該沒問題。我和小栞的虛質已經有部分融合了，所以我的ＩＰ受到影響，小栞也會跟著一起受影響。當我開始時間移動，小栞的虛質應該會跟上來才對。當然，是不是真的會這樣還需要充分的實驗。」

「原來如此。這也必須花很多工夫啊！」

這樣說完之後，和音搖搖頭一副受不了我的樣子，看起來已經完全恢復到平常的狀態，根本看不出來她剛才還一直把我當成瘋子。這點連我自己都覺得不可思議，所以決定坦率地問她。

「妳會原諒我嗎？」

「談不上什麼原諒不原諒。因為這是你自己選擇的人生。」

「……話雖如此，我覺得自己連妳的人生也捲進來，還大肆作亂……」

「那是我選擇的人生啊。而且……」

這時候，和音突然望向遠方。

「能夠瘋狂地愛著一個人，我很羨慕。」

她說了這句話之後，露出笑容。

的確，看不出來和音愛過誰。

「話說回來，栞小姐能幸福的世界，具體上是什麼樣的世界？我覺得幸福很難定義啊！」

「啊，是啊。我也覺得不可能有絕對的幸福。但是至少不能讓小栞和這個世界一樣不幸，如果是這種世界的話我就知道該怎麼定義。」

帶著小栞的靈魂一起逃到那個世界，就是我活著的意義。

「咦？那是什麼定義？」

我很久以前就已經知道，該怎麼定義小栞不會陷入不幸的世界。

「就是我和小栞絕對不會相遇的世界。」

中場休息

為了實現時間移動需要各種準備，和音說過這是會耗時十年的大工程。沒想到，我們還真的在十年後完成為時間移動而改良各種裝置的工作。之後又花了很多時間重複實驗，才終於確定可以按照計算回到某個世界的過去。

問題是要回到哪個世界的過去呢？

ＳＩＰ，發生某現象的史瓦西半徑。也就是一定會發生某個現象的平行世界範圍。我和小栞相遇的現象ＳＩＰ和小栞罹患虛質元素核分裂症的現象ＳＩＰ一致。所以我和小栞相遇的世界中，小栞一定會在十字路口遭逢事故變成幽靈。

既然如此，應該要回到我和小栞絕對不會相遇的世界。

我再度開始用選擇跳躍走訪各個平行世界，尋找我們沒有相遇的世界。

然而，我馬上就發現再怎麼找也沒有意義。

*

「我們必須預知未來才行。」

「什麼？」

從平行世界回來之後，我說的第一句話就讓和音皺了眉頭。

「有可能預知未來嗎？」

「理論上不是不可能，但可以用量子電腦輸入這個世界的所有資料，試試看應該可以做到。」

「妳可以幫我嗎？」

「怎麼可能做得到啦！你是傻了嗎？」

她雖然目瞪口呆，但還是出手幫助我離開ＩＰ膠囊。

「為什麼突然說這種話啊？」

「因為我發現這個方法不行。」

「為什麼？我覺得應該會有曆和栞小姐不曾相遇的世界啊。」

的確是這樣沒錯，但是……

「先說我剛才去的平行世界。我和小栞在那個世界的確沒有相遇。而且，剛剛我還在研究所工作，結果……」我沉默不語。想起當時的衝擊，不禁嘆了氣。

「結果？」

我沒繼續說下去讓和音焦急不已，她用稍微嚴厲的口吻催促我說完下文。

我喝了口茶潤喉，總算能再度開口。

「有個研究員還留在研究所，他的太太和女兒來接他下班，順便帶了些吃的過來。好像是第一次見到我，所以打招呼的時候說『初次見面』。」

「……打招呼怎麼了嗎？」

和音好像還是聽不懂。我剛開始也不懂這代表什麼意思。

「也就是說，即便到這個年紀，也會有新的相遇。」

和音聽到我這樣說，稍微想了一下便睜大眼睛。

這就表示，要找出我和小栞沒有相遇的世界，幾乎是不可能的任務。

譬如說，我現在五十歲，平行世界的我也五十歲。因為有無限的平行世界，所以只要我移動，就可以找到很多個我和小栞沒有相遇的世界。一般來說可能會覺得，既然如此我就隨便從中選出一個即可。

然而，這樣是不行的。

假設五十歲的我，選擇了一個沒有和小栞相遇的世界，移動到那個世界的過去與之融合。

我還是有可能在五十一歲的時候和小栞相遇。

要否定這種可能性，幾乎不可能。

無論幾歲，我都不允許自己再遇到小栞。我和小栞一旦相遇，小栞勢必會變得不幸。這是我這個世界的真實狀況。

「原來如此……所以要預知未來。」

和音筋疲力盡似地喃喃自語。就算能找到現在沒有和小栞相遇的世界，但不能保證接下來不會相遇，要找到往後也不會相遇的世界就必須預知未來。

「怎麼辦？要放棄嗎？」

話雖如此，我也絕對不會選擇放棄。

「我會找到方法的。」

我再度投身於平行世界，尋找不知道是否存在的方法。

＊

那天移動過去的平行世界裡，我好像繼續住在媽媽的娘家。因為覺得很懷念，所以走到後院去，發現角落有一小堆隆起的土。

那是優諾的墳墓。沒想到竟然會保留到我五十歲的時候。

我把手搭在土堆上。好冷。我已經想不起來優諾的溫暖了。

活著很溫暖。這份溫暖表示能和優諾見面、聊天、玩耍等種種的可能性。

死亡很冰冷。這份冰冷表示優諾的世界到此結束，已經不存在任何可能性。

回想起這些事情的時候，一瞬間全身遭受宛如雷擊般的衝擊。

回到原本世界的我，就連從膠囊裡起身的時間都覺得浪費，和音一幫我打開玻璃蓋，我就開始滔滔不絕。

「想到了！我想到怎麼找不會和小栞相遇的世界了！」

和音雖然驚訝，但還是拍拍我的肩膀要我冷靜。她幫我泡了茶，但我喝了茶仍然控制不了興奮的心情。

「和音，妳聽我說。這次我真的想到了！」

「我在聽啊！什麼方法？」

「要先挑出幾個我和小栞沒有相遇的世界，然後持續監視這些世界長達數年、數十年。」

「監視數十年？為什麼？」

那是為了消除可能性。為了等待可能性的溫度消失。也就是說——

「要等到那個世界的我快死的時候。」

和音啞口無言。

「不管是壽終正寢、病死、意外死亡都可以。總之就是要等到我沒有和小栞相遇就死掉的時候。如此一來，那個世界就及格了。只要移動到那個世界的過去與之融合，那就表示我到死為止都不會和小栞相遇。就算萬一真的在最後一刻相遇，至少也不會再讓小栞遭遇不幸了吧？反正相遇之後，我就會死。」

我沒有注意和音的反應，自顧自地滔滔不絕。我的想法合理嗎？是不是太零碎了呢？我好像失去判斷這些事情的理性了。我不知道是這個年紀本來就會這樣，還是只有自己不正常。

「喂，和音，妳覺得怎麼樣？這樣的話——」

我此時終於看著和音的臉。

這才發現和音用非常痛苦的表情看著我。怎麼了？為什麼會露出這種表情？我明明想到這麼棒的方法啊！

「和音，接下來的路還很長……妳能幫我嗎？」

我能拜託的人只有和音了。如果她拒絕的話，我會很困擾。

聽到我的請託，和音低下頭。

「事到如今，我怎麼會拋棄你，笨蛋。」

她這樣回答我。

＊

在那之後我去遍無限的平行世界，選出幾個世界持續監視。雖然我不是刻意為之，但是我選擇的世界，除了沒和小栞相遇之外，還有一個共通點。

儘管形式不同，有時是朋友、戀人、夫妻、情人、宿敵，但是——在我選擇的世界裡，無論是什麼形式，和音都會在我身邊。

和音在這個世界也成為我的助力，雖然剛開始對我充滿競爭心態，總想著要贏過我，但最後沒有和任何人結婚，一直陪在我身邊，肯定我的瘋狂。

這個世界的和音是我的共同研究者、競爭對手，也是現在唯一的朋友。話雖如此，我真的不知道和音到底是為什麼願意一路陪我到現在。我雖然自認還算聰明，但只有和音的事情，我始終無法理解。

我真的並非刻意……但或許是下意識就選擇了和音在我身邊的世界。我決定這件事情到死為止都會對這個世界的和音保密。

接著，我又花了二十年以上的歲月，持續監視平行世界。

支撐我度過這個日子的，就是去到十字路口就能看見那個外貌永遠不變的小栞，笑著迎接我。這數十年來，我每天都到十字路口和小栞聊天。白天晚上都無所謂，就連被別人看到我也變得不在意了。

度過宛如舔著水滴橫渡沙河一樣，既漫長又乾涸的時間——

終於，某個世界的我，被醫師宣告來日無多。

七十三歲罹患癌症，僅剩六個月的壽命。

六個月還太長，為防萬一，我決定再多等一下以便更靠近那個世界的死期。接著，到了七月。根據計算，我差不多剩下一個月的壽命。

當物質狀態的自己死亡，一般而言構成該世界的虛質也會同時消失，所以不能移動到自己已經死亡的平行世界。我不知道移動到過去是不是也會這樣，但是因為沒辦法回到過去做測試，所以我猜測如果那個世界的自己已經死亡，應該就無法回到過去。

雖然已經被宣告來日無多，但也不可能按照宣告的時間剛好死掉。有可能在那之後還活很久，也可能很快就死了。如此想來，如果那個世界的我因為癌症而死，那一切就白費工夫了，所以我判斷現在這個時間點應該就是極限。

接著，我決定了。

就在平行世界的我剩下一個月壽命的那天。

我決定為了拯救小栞而沉到過去。

唯一一次的時空之旅，再也不會回來。

我選擇的那個絕對不會和小栞相遇的世界，小栞一直沒遇見我，而且擁有幸福的家庭。我沒有和小栞相遇……而是與和音結婚，建立幸福的家庭。我原本一直認為，自己不可能和小栞以外的人結婚，但如果對象是和音的話，還算能接受吧！

決定執行的日期之後，我再度回想自己的人生。漫長、好漫長的人生。

而且，也是毫無意義的人生。

沒有妻子、兒女，也沒有找到自己為什麼誕生在這個世界的意義，而我唯一深愛的人，卻因為我消失在這個世界上。

不過，一切都結束了。

氣泡會下沉。

來吧！刪除這個世界吧！
刪除這個沒有所愛之人的世界。

隔著矮桌，年過七旬的老爺爺和老奶奶一起喝茶的樣子，從外人的角度看來，我們就像一起喝茶的朋友吧。

而且，毫無疑問的是這位老婆婆——和音，就是我為了刪除這個世界的唯一共犯。

「明天，可以拜託妳嗎？」

「……真是突然啊。」

「我們不是做了很多實驗，就為了隨時都能動手啊！」

「話是這樣說沒錯。不過真的要動手了嗎？」

「我不是說過好幾次了。這就是我活著的意義。雖然給妳添麻煩，我覺得很抱歉。」

「添麻煩也無所謂。反正都已經走到這一步了。」

「如果妳真的不願意就告訴我。我去拜託別人。年輕的研究員裡，有人躍躍欲試不是嗎？」

「拜託你不要做這種事。怎麼能讓年輕的孩子去做危險的事。要做的話就由我來動手。反正我老了，再活也活不久。」

「妳一定可以活到一百歲。不知道為什麼我就是這樣覺得。」

「這樣未免也太恐怖了。」

說完之後，和音喝了一口茶。這是用便宜的茶葉和便宜的茶壺泡出來的茶，雖然很適合我，但和音平常應該都喝更好的茶吧？對我這個不擅交際的人而言，她可以說是我唯一的朋友，而且她意外地並不討厭我泡的茶。總之，她的愛好與眾不同，所以才會到這把年紀，還陪著我做這種愚蠢的計畫。

「好了。既然要做就要做到完美。明天的班表呢？」

「在這裡。」

「……原來如此。ＩＰ膠囊整天都空著呢。」

「我精心調整，先空下來了。警備系統也改成從外面可以消除的模式。不會有人起疑心，畢竟我們地位不一樣了啊。」我與和音早就已經退休了，但是我們曾經擔任所長和副所長，所以退休之後還是能自由進出研究所。雖然之後的事情都已經交給能信任的優秀人選，不過仍然還有很多我們才知道的訣竅，因此直到現在我們還是以客座研究員的身分使用實驗設備。當然，這也是為了我的目的，長年安排下來的布局。

「那我的工作就按原本的計畫？」

「對，沒有任何變更。」

「你的身體最後會怎麼樣？這一點也沒有改變嗎？」

「雖然沒有做過臨床實驗，無法斷言實際情況，但應該會陷入腦死狀態吧？所以我已經準備好器官捐贈卡和遺書了。不必擔心。」

和音用痛苦的眼神看著淡然說這些話的我。她其實是個很溫柔的人。

「年過七旬的老人，內臟哪還能用啊？」

現在也是這樣。和音為了不讓我有罪惡感，故意用很差的態度說話。

我拜託她做這件事，心裡還是有點內疚。不過，這是優先順序的問題。就算是給和音，不，給任何人添麻煩，我都想拯救小栞的靈魂。這就是我存在的意義。

我與和音花了很多時間做最後的確認。絕不允許失敗——應該是說，失敗之後不知道會發生什麼事。用動物實驗，無法判斷是否成功，話雖如此也不能因為這樣就貿然做人體實驗。所以我們明天要做的事情，就是用自己的身體做唯一一次的人體實驗。雖然已經做到理論上絕對會順利的程度，但實際情況不見得都會照著理論走。大致確認完計畫之後，她喝了一口已經不燙的茶，輕輕嘆了口氣。

「……我會變成殺人犯呢。」

「才不是這樣。我已經說明過好幾次了不是嗎？」

「對啊，嚴格來說和殺人不一樣。不過我做的事情，的確會讓你的身體陷入腦死狀態，沒錯吧？你覺得我會怎麼想？」

「……妳不想做的話，我就找別人。」

「我會做。我已經說過很多次了，要做的話只能由我動手。」

「……對不起。」

「如果只是道歉的話就免了。唉，算了。還有，這茶也太涼。」

我順從地倒入熱水重新泡茶。提出無理要求的人是我，如果是這種程度的吩咐，多少我都聽。

然而，話雖如此……我看著和音若無其事喝下喉嚨應該會燙傷的熱茶，決定問問至今從未想問她的事情。

「妳為什麼願意陪著我走到現在？」

和音放下茶杯，大大嘆了一口氣。

「因為身為研究者理性的好奇心啊！畢竟想到這個方法的人也是你，所以論輸贏我是已經輸了。氣泡會下沉，我也想看一看呢。」

「……這樣啊。」

她應該沒有說謊。不過，總感覺她同時也隱瞞了真相。平常總是直視對方眼睛說話的和音，現在完全避開我的視線，不知道這算不算是證據。

既然如此，就她說了算吧。既然是我擅自把和音捲進來，那和音也能按照她的意思做任何事。

「一路走到現在，真是漫長啊！」

「啊……真的很漫長。」

「說實話，你沒想過要放棄嗎？」

「沒有。因為一旦放棄，我的人生也就結束了。」

「也是……也是啊。雖然我無法理解，但你一直都是這樣。」和音看似感慨頗深地點點頭。不過，我們本來就無法理解彼此。我直到最後都不知道該怎麼與和音保持適當的距離。

「我到現在也無法理解妳啊！最後連婚都沒結，一直到現在。」

「多管閒事，你還不是一樣！」

「嗯……好像，也是喔。」

她這麼說，的確沒錯。我的確多嘴了，更何況我也一樣。我與和音一定有哪個部分不太正常吧。

「……那今天我就先回家了。有什麼事再聯絡。」

「好，我也要出去，就一起走吧！」

收拾好東西，我與和音一起離開家。我們彼此都沒有生過什麼大病或重傷，直到這把年紀仍然很健康，只有這件事值得好好感謝這個世界。離開家朝車站方向走，我們還都不需要拐杖。

我在車站前停下，與和音告別。

「那我往這走。」

「這樣啊。你要去哪裡？」

和音雖然開口問，但她大概也知道答案了。

所以我誠實地回答：「我要去救十字路口的幽靈。」

＊

昭和路的十字路口把這個地方都市的市中心分成四等分，是此地最大的十字路口。

當然，交通量也很大，所以採用人車分離式的號誌。據說以前有座橫跨所有道路的巨大天橋，不過因為橋墩會遮蔽視線，實在太危險而被拆除。我很喜歡在舊照片上看到的天橋，經常在這裡停下腳步，想像自己往上走然後穿越天橋的樣子。

十字路口西南方的角落旁，有一小片不算寬廣也稱不上是公園的區域種植著綠色植物，穿緊身衣的女人就在那裡。羞澀地用手遮住胸口的豐滿少女銅像是從我出生以來就一直有的東西。雖然我已經看慣了這座銅像，卻完全不知道這是以誰為藍本製作、建在這裡有什麼意義。

距今五十多年前，開始出現這個十字路口會出現幽靈的傳聞。

從穿緊身衣的女人銅像那個角落往北延伸的斑馬線上，會出現黑髮少女的幽靈。根據傳聞，那是參加新體操大會途中，在這個斑馬線上遭遇事故而身亡的少女幽靈，而穿緊身衣的女人銅像就是為了哀悼她而製作。我知道那絕對是某個人隨便亂編的謊話。穿緊身衣的女人銅像和十字路口的幽靈一點關係也沒有。

我站在斑馬線前，確認左手腕上的穿戴裝置。

畫面中，ＩＥＰＰ這幾個字母下方顯示六位數的數位數字。整數為三位數，中間夾著小數點，而小數也是三位數。小數的三位數以眼睛追不上的速度不停變動，而整數的三位數則顯示著明確的數字。

這組數字是「０００」。雖然只是為防萬一，不過ＩＰ沒問題仍然是零。

接著，我對著空無一人的斑馬線喊。

「我來了。」

彷彿是在回應我的呼喚，小栞的幽靈出現在斑馬線上。

穿著白色的洋裝，留著一頭又長又直的漂亮黑髮，仍然稚氣未脫的少女。

小栞看著我微笑。就算我已經垂垂老矣，她至今仍然會對我露出一樣的笑容。

「對不起，讓妳等了那麼久。」

小栞微微歪著頭。她的這些動作仍然讓我感到萬分憐愛。

我感慨萬千地說：

「該道別了。」

聽到我說的話，小栞微微皺了眉頭。

我再也不會讓她出現這種表情了。氣泡會下沉。

真的是好漫長、好漫長的時光。

一切的錯誤，從我十歲那年開始。

我遇到不該相遇的人。

在那四年之後，小栞因為我的關係而在十字路口遇到車禍，變成哪都去不了的幽靈。

從那之後經過六十年。整整六十年。

我終於能拯救小栞了。

「……道別是什麼意思？」

小栞皺著眉頭問我，我向她說明接下來要做的事情。

我會沉入愛茵茲瓦之海，回到不會和小栞相遇的分歧點，與二人不會相遇的世界裡的自己融合。

我和小栞的虛質有部分已經同化，所以我回到過去時，小栞也會一起回到過去。如此一來，就能兩個人一起逃離這個世界，在新的世界我們不會相遇，各自過著幸福美滿的人生。

聽完說明之後，小栞露出悲傷的表情。「……再也見不到你的話，我不要。」

「沒辦法啊。在我和妳相遇的世界裡，妳都變成十字路口的幽靈了。為了救妳離開這裡，我和妳絕對不能相遇。」

「我不要……」

「沒關係。只要不遇見我，妳就能幸福。妳就不需要在這種地方，變成幽靈了啊！」

「我不要……不能見到小曆……我才不要……」

小栞一臉泫然欲泣的樣子，一直搖頭。我看到這樣的小栞，心口都要裂開了。

「小栞……妳一定要諒解……」

接下來的一段時間，我和小栞之間一直僵持不下。妳一定要諒解。我不要。這也是沒辦法的事。我不要。這是為了救妳。我還想和小曆見面！我想見你！

……我當然不想就此和小栞訣別。但是，這樣下去過不了多久我還是會死。如此一來，小栞就真的會在這個十字路口孤單一人。無法和任何人對話、不會成長，說不定直到世界毀滅為止她都會一直站在這個十字路口上。我絕對不接受這樣的世界。

儘管如此……我還是想見你。

因為小栞一直這樣說，我的決心也漸漸動搖。

我也不想就這樣見不到小栞。這是我由衷的真心話。

然而，我也絕對不會為此讓小栞繼續當個幽靈。

心裡同時有想拯救小栞的我和想見小栞的我。

該選哪一邊，我也不知道。

……所以我決定賭三件事。

「我知道了。小栞，我們來做個約定。」

「約定？」

「嗯。在我們重生的世界，從現在開始一個月後的八月十七日，我會到這個十字路口接妳。我們到那個時候再見吧！」

八月十七日。根據計算已經超過剩下一個月壽命的期限。這是第一個賭注，賭平行世界的我能不能活到這一天。

接著，如果我能回到過去在新的世界重生，我們的虛質會和那個世界的自己融合，人格和記憶都消失的可能性很高。這是第二個賭注，賭在新世界重生的我們，是否會記得這個約定。

接著，如果奇蹟似地這兩個賭注都成真，我們在那個世界重逢，小栞會不會再度陷入不幸？這是第三個賭注。話雖如此，這個賭注本來就包含這次時間移動中不可避免的風險。如果是壽命所剩無幾的狀態，就算重逢應該也不會引發什麼事端。直到最後的最後，我還是認輸，留下能和小栞再見一面的後路。

不過，如果這個世界真的有神明……

應該會答應我這卑微的願望吧？

「八月十七日？」

「嗯，八月十七日。」

小栞會記得嗎？那是小栞變成十字路口幽靈的日子。若是那天我能在這個十字路口遇見小栞……或許那時才真的表示我成功救了她。

「我們會回到七歲的時候從頭開始，以那個世界的時間計算，從現在開始的一個月後，就是六十六年後的八月十七日。時間的話……現在剛好十點整。那就約早上十點整，我來這個十字路口接妳。」

「真的嗎？」

「真的。我答應妳。」

小栞瞇起眼睛，彷彿凝視著未來。

「……六十六年後……好久喔……」

「是啊。不過，我和妳已經一起度過這麼久的時間了。現在只是再重新度過一次而已。」

當然不可能是一樣的時間。這次的六十六年，我身邊沒有妳，妳身邊也沒有我。

即便如此，還是要等。

「在那之前妳會記得這個約定嗎？」

「嗯，我絕對不會忘記。」

小栞慢慢點頭，露出似乎轉瞬即逝的虛幻微笑。

「……那我要走了。這次不是道別。應該說之後再見，小栞。」

「嗯……再見，小曆。」

我對笑著揮手的小栞報以微笑。

之後便轉身背對小栞所在的十字路口。

「小曆。」

最後，背後傳來小栞的聲音說：

「我覺得很慶幸能遇見小曆。」

我好想停下腳步，轉身衝過去緊緊抱住她。

「謝謝你，我最喜歡你了。」

這句話輕輕柔柔地把我的心挖了一個洞。

＊

翌日。

我與和音做好萬全準備，來到空無一人的虛質科學研究所，前往放置ＩＰ膠囊的移動室。

門當然鎖著，所以我們到事務室打開保管研究所內各個設施的鑰匙盒，但是……

「……嗯？」

「……沒有鑰匙耶。」

不管怎麼找，鑰匙盒裡都沒有移動室的鑰匙。鎖門的人把鑰匙放在白衣袍的口袋裡，就這樣忘了直接帶回家也是常有的事。

「這樣就不能執行計畫了。真糟糕。」

雖然嘴上這樣說，但感覺和音好像鬆了一口氣。即便事已至此，她似乎還是無法抹去對這個計畫的猶豫。

然而，我已經做好萬全準備。

「沒想到，真的會有派上用場的一天。」

我從口袋裡拿出一支鑰匙。

「那是？」

「移動室的備用鑰匙。」

我十四歲的時候從小栞媽媽那裡拿到，小栞偷偷打的移動室備份鑰匙。當時的我，相信這就是打開我和小栞幸福大門的鑰匙。這把鑰匙在這個時間點出現，應該就是所謂的命運吧。

「……這樣啊。那我們進去吧！」

和音沒有再多說什麼。要做就做到底，她就是這樣的人。

進入移動室，我與和音調校好裝置。我們已經模擬過無數次，接下來只剩下實際執行了。

雖然是已經躺過幾百回的ＩＰ膠囊，但到了這把年紀，光是躺進去也很辛苦。儘管和音會幫忙，但她也和我同年，一樣都是老人了。好不容易一切就定位，才請和音幫我關上蓋子。

此時我突然想到一件事，對和音開口說：

「和音，我想先做一次正常的選擇跳躍。」

「咦？你要移動到哪個世界？」

「現在要回到過去融合的那個世界。我現在想先去一次。」

「可以啊。IP就照這樣對吧？」
「五分鐘後馬上把我移回來。」
「知道了。那我就開始了。」
和音熟練地迅速完成移動設定，我連作心理準備的時間都沒有，就已經開始倒數。
「5、4、3、2、1……開始移動。」
我閉上眼睛。膠囊內產生磁場，能感受到些微溫度。
接著，下一個瞬間——
全身突然被疼痛襲擊。
我張開眼睛。這裡是已經來過好幾次，我在平行世界的房間。這個世界的我，大多數的時間都在護理用的病床上度過。
這種痛楚是因為癌症發作。至今我已經體驗過好多次，但無論幾次都無法習慣。
我強忍疼痛看著自己的左手腕。這個世界的我就像平常一樣，手腕上戴著穿戴裝置。

我叫出裝置內的行事曆功能，輸入一個預定行程。

「八月十七日，上午十點，昭和路十字路口，穿緊身衣的女人。」

這是我和小栞約定的日子。

這麼做其實是犯規吧？不過，這點程度的提示應該無所謂。畢竟我是用全部的人生，交換這僅有一次的短暫重逢啊！

我再次確認行程已經輸入裝置。這個世界的我，看到沒有印象的行程時會怎麼想呢？可能會覺得是自己輸入，但因為老人癡呆又忘記吧。罷了，無所謂。只要這個世界的我能活到那一天，到十字路口去就行了。

五分鐘之後我回到原本的世界。玻璃蓋外的和音，好像有話想對我說似地俯瞰著我。

「啊，我回來了。」

「歡迎回來。」

和音把手貼在玻璃蓋上對我說：

「我和那個世界的曆聊了一下。」

我嚇了一跳。至今移動到那個世界很多次，幾乎都是和音幫忙，但是她堅決不介入那個世界。在我移動的時候，這個膠囊裡應該會是那個世界的我才對。但是，在我回來之前，和音似乎不曾打開過蓋子，甚至不曾和那個世界的我對話。這樣的和音在現在這個時間點，和那個世界的我聊天。難道是和音終於壓抑不了好奇心了嗎？

「聊了什麼？」

「能算是聊天嗎？我們只是打聲招呼而已……那個世界的曆，一看到我就喊我和音。明明都變成皺巴巴的老太婆了……」

「嗯。」

「在那個世界的我，直到這個年紀還是和妳在一起啊。」

「啊……嗯。對啊。」

和音好像不再迷惘，若無其事地問我：

「曆，告訴我。你選擇的世界是什麼樣的世界？」

最後我選擇了什麼樣的世界呢？雖然和音知道ＩＰ數值，但我從來沒有告訴她實際上是個什麼樣的世界。和音至今也都沒問過我，看樣子她其實還是很在意。她不可能不好奇，拋棄這個世界的我，究竟打算逃到什麼世界。

那該說到什麼程度呢？我很認真地思考。

「……那個世界的我，自稱『僕』。」

我知道。

和音的嘴型像是這樣回答。

那是自稱「僕」的我，深愛著妳的世界喔──這句話我還是沒說出口。

「我在那裡有妻有兒，一定是個妳和小栞都很幸福的世界。」

「……這樣啊。」

和音沒有繼續追問下去。

在那之後我們沒有多餘的對話，淡然地進行準備。只是再做一次我們測試無數次的動作而已，所以沒花太多工夫，大約一個小時左右就做好所有準備。

接下來只要和音啟動這個ＩＰ膠囊，一切就結束了。

分歧點是我七歲的時候。父母離婚時，我會跟著誰？只要回到那個時候，選擇跟著媽媽，我和小栞就不會相遇。

現在開始我的虛質就會沉到愛茵茲瓦之海裡，從這個世界消失。同時也會帶著變成十字路口幽靈的小栞一起走。屆時只會留下陷入腦死狀態的身體，後續的事情都交給和音處理。

「你還有什麼話要說嗎？」

和音再度隔著玻璃俯瞰我的臉，因為她問了這樣的問題，我也決定最後要傳達自己真實的心情。

「謝謝妳。能遇見妳真的太好了。很抱歉給妳添麻煩了。」

「事已至此，已經無所謂了。」

這就是我與和音最後的對話。

我連再見都說不出口，只能在心中與和音道別。

我的人生只為小栞存在，但除了小栞之外，我唯一想感謝的人只有和音。

因為在某種層面上，我與和音的關係比小栞還深厚。

啟動ＩＰ膠囊後，開始倒數執行時間移動。

「10、9、8、7、6、5、4……」

和音沒有繼續倒數，而是對我說：

「……曆，再見了。希望你能幸福。」

相伴數十年來，我第一次聽到她這麼溫柔的聲音。

她說出我刻意忍下的告別，送我離開。

*

接著，我朝虛質的大海下沉。

抱緊小栞的碎片，對每個我告別。

朝沒有和小栞相遇的世界前進。

致深愛著和音的那個「我」，我和小栞之間的重要約定，就託付給你了。

由衷期盼能夠再一次和自己心愛的人相遇。

中場休息

一回過神來，我就在這裡了。
這是一個很大的十字路口。我站在斑馬線上。
這裡是哪裡呢？我好像知道，又好像不知道。
汽車朝我開過來，卻穿過我的身體。
號誌變換之後，人群朝我走過來，但仍然穿過我的身體。
喧囂的聲音、空氣、光線，一切都穿透了我。好像沒有任何人發現我一樣。
我就像個十字路口的幽靈。
不知道為什麼，也不知道是從什麼時候開始站在這裡。
應該是說，我連自己是誰都不知道。感覺好像剛才還和某個人在一起，應該是那個人把我丟在這裡去了其他地方。
我雖然孤身一人也不清楚狀況，但不可思議地沒有感覺到不安。我覺得一點也不可怕，甚至也不寂寞。

因為我只知道一件事……
那就是我正在等某個人。
就在十字路口上，一直等——
我在等某個人。

國家圖書館出版品預行編目資料

致深愛妳的那個我 / 乙野四方字 著；涂紋凰 譯.-- 初版.-- 臺北市：平裝本. 2018.07
面；公分. --（平裝本叢書；第 487 種）
（@ 小說；58）
譯自：君を愛したひとりの僕へ
ISBN 978-986-97906-2-8(平裝)

861.57　　108009093

平裝本叢書第 487 種
@ 小說 058

致深愛妳的那個我

君を愛したひとりの僕へ

作　　者—乙野四方字
譯　　者—涂紋凰
發 行 人—平　雲
出版發行—平裝本出版有限公司
台北市敦化北路 120 巷 50 號
電話◎ 02-27168888
郵撥帳號◎ 18999606 號
皇冠出版社（香港）有限公司
香港銅鑼灣道 180 號百樂商業中心
19 字樓 1903 室
電話◎ 2529-1778　傳真◎ 2527-0904
總 編 輯—許婷婷
美術設計—王瓊瑤
著作完成日期— 2016 年
初版一刷日期— 2019 年 07 月
初版六刷日期— 2024 年 03 月
法律顧問—王惠光律師

讀者服務傳真專線◎ 02-27150507
電腦編號◎ 435058
ISBN ◎ 978-986-97906-2-8
Printed in Taiwan
本書定價◎新台幣 280 元 / 港幣 93 元